母亲的料理时代

MUQIN
DE
LIAOLI
SHIDAI

蒋勋 著

人民文学出版社

著作权合同登记号　图字 01-2023-4915

图书在版编目（CIP）数据

母亲的料理时代 / 蒋勋著. -- 北京：人民文学出版社，2024
ISBN 978-7-02-018428-6

Ⅰ.①母… Ⅱ.①蒋… Ⅲ.①散文集—中国—当代 Ⅳ.①I267

中国国家版本馆CIP数据核字(2024)第002857号

责任编辑　王昌改　樊晓哲
装帧设计　陶　雷
责任印制　王重艺

出版发行　人民文学出版社
社　　址　北京市朝内大街166号
邮政编码　100705

印　　刷　三河市中晟雅豪印务有限公司
经　　销　全国新华书店等

字　　数　84千字
开　　本　850毫米×1168毫米　1/32
印　　张　7.125　插页12
版　　次　2024年6月北京第1版
印　　次　2024年6月第1次印刷

书　　号　978-7-02-018428-6
定　　价　79.00元

如有印装质量问题，请与本社图书销售中心调换。电话：010-65233595

《母亲的料理时代》,是想向母亲致敬,向那个战乱过后,
所有从废墟里整理起锅碗瓢盆的母亲致敬。
因为她们,我们敬重生命,
知道在庶民百姓平安过日常生活的面前谦卑致意。

母亲留下一张十六岁的照片,当时她就读于西安的师范学校,斜躺在校园草地上,像文青。

马齿苋是母亲常摘的野菜,
同安邻居叫作"猪母奶",
母亲叫作"宝钏菜"。
她说:"王宝钏苦守寒窑十八年,
就靠吃这野菜活下来。"
在东部餐厅看到有马齿苋,颇为惊讶,
也为了怀念母亲,就常常去吃。
我最早食物的记忆,
是母亲给我的应该感谢的功课。

马齿苋,母亲叫作"宝钏菜"。(左)
韭菜花是母亲常用的食材。(右)

五行的料理，强调的是当地当季。
是我的身体渴望与土地对话，
渴望与季节对话。
吃当地当季的食物，
也就是知道身体和自然的对话，
"自然"是土地，也是季节。

池上枇杷。（左）

阿里山栗子。（右）

张登昌摄影

台东富冈特选餐厅的手摘灰藋野菜。（左）
花莲富里陈妈妈手做梅干菜。（右）

从小跟着母亲在市场兜转,
菜市场里的摊贩,
也许是母亲带领我做的最早庶民的功课。
他们叫卖青菜,
跟来来往往的人客打招呼问好,
这么忙碌,但是从不敷衍,
每个走过的人,都像是亲人。

调养我身体的中医师,
跟我说:"要吃食物原形。"
"原形?"我不十分了解。
"当地当季,不过度料理。"
懂了,这样好的水土,这样好的四季,
雨露风霜,美丽温和的阳光,
天地的福分都在眼前这些蔬食身上。
当地当季,我很珍惜。

阳台的盆栽，紫苏开花了。（左）
日常的蔬食：一把小芥菜，一颗白花椰菜，一颗奶油南瓜，一把我爱的芫荽，一颗西红柿，几条秋葵，当季的柿子……（右）

金弘建摄影

上海私厨小金处的"水八仙",是使用八种当季水生植物:莲藕、菱角、荸荠、水芹、茨菰、茭白、莼菜、鸡头米,做成八道菜肴的一席料理,仿佛真的是八仙水上凌波微步而来,全无心机,却让人无限珍惜,天意盎然。

月桃，是立夏时节的花。（左）
卑南人用月桃叶包的小米粽。（右）

"盘飧市远无兼味",因为偏远,食材不多,
所以味觉可以单纯无杂念。
我品尝杜甫说的"无兼味",也尝试回到童年,
寻找食材不多的年代记忆里的
叶片、枝茎、根茎、种子、花或果实的美好滋味。

母亲的厨房,让我体会好多气味,
体会好多触觉,体会好多温度,
体会文字语言形容不出的色彩和形状。
母亲那一把平凡简单的大板刀,
这么单纯,然而
她用那把刀做出多么千变万化的菜肴。

山药面线衬在竹箧上,下铺冰屑,滑润爽口。(左)
北投掬月亭主厨高先生,他以手工细切山药丝。(右)

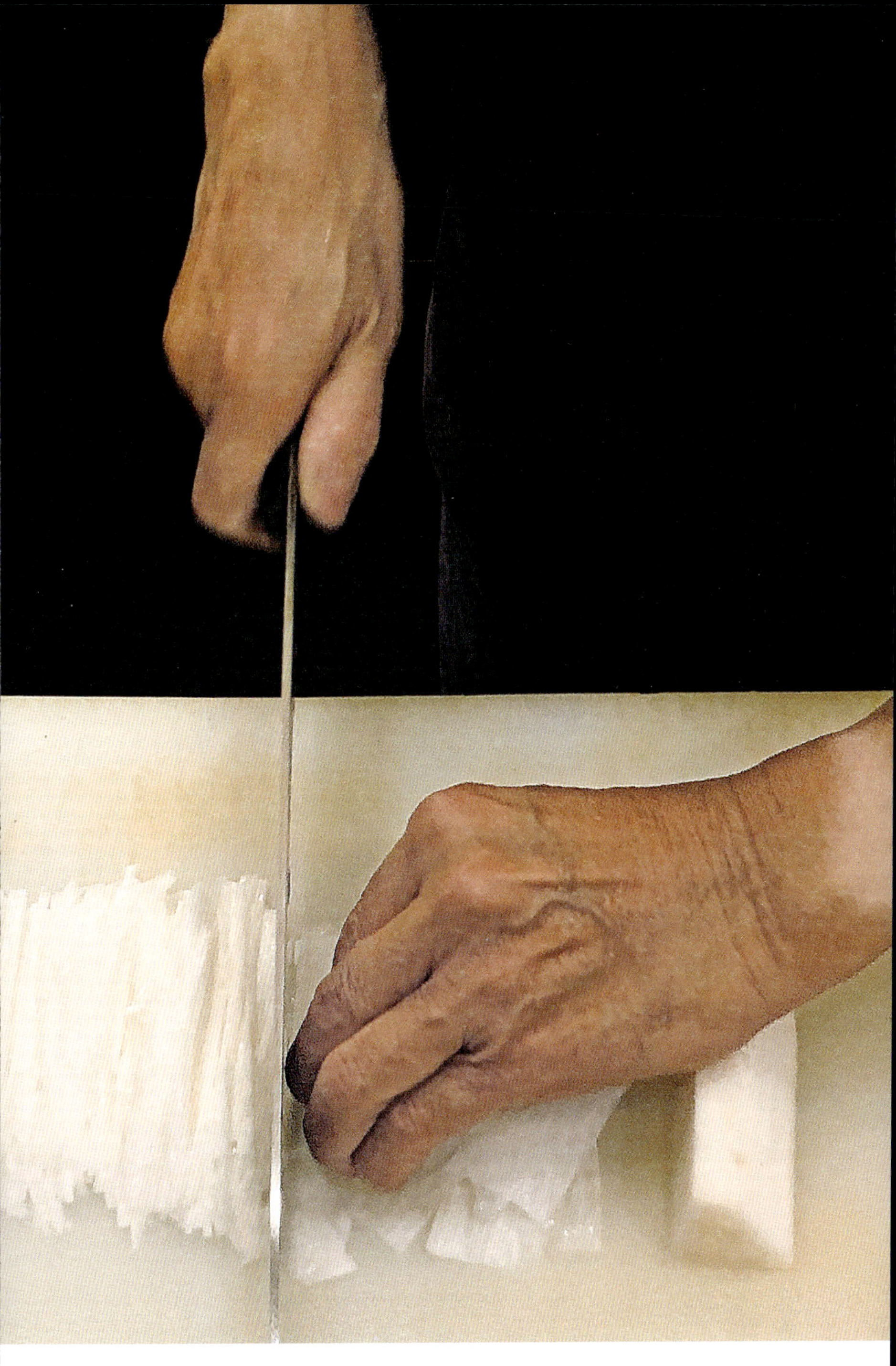

我看过成熟的苹婆。
掉了一地，外壳绛红，
壳爆开，内里艳橘色，非常美。
苹婆果外皮深褐色，
搓开外皮，果肉土黄，像栗子，
烤熟以后，比栗子还香。
苹婆颜色近土，温暖厚重，
我直觉是滋养脾胃的好食材。

大暑前后嘉义山崎的苹婆。（左）
二〇二二年与"中央书局"合作的"五行九宫蔬食"——苹婆五目炊饭。（右）

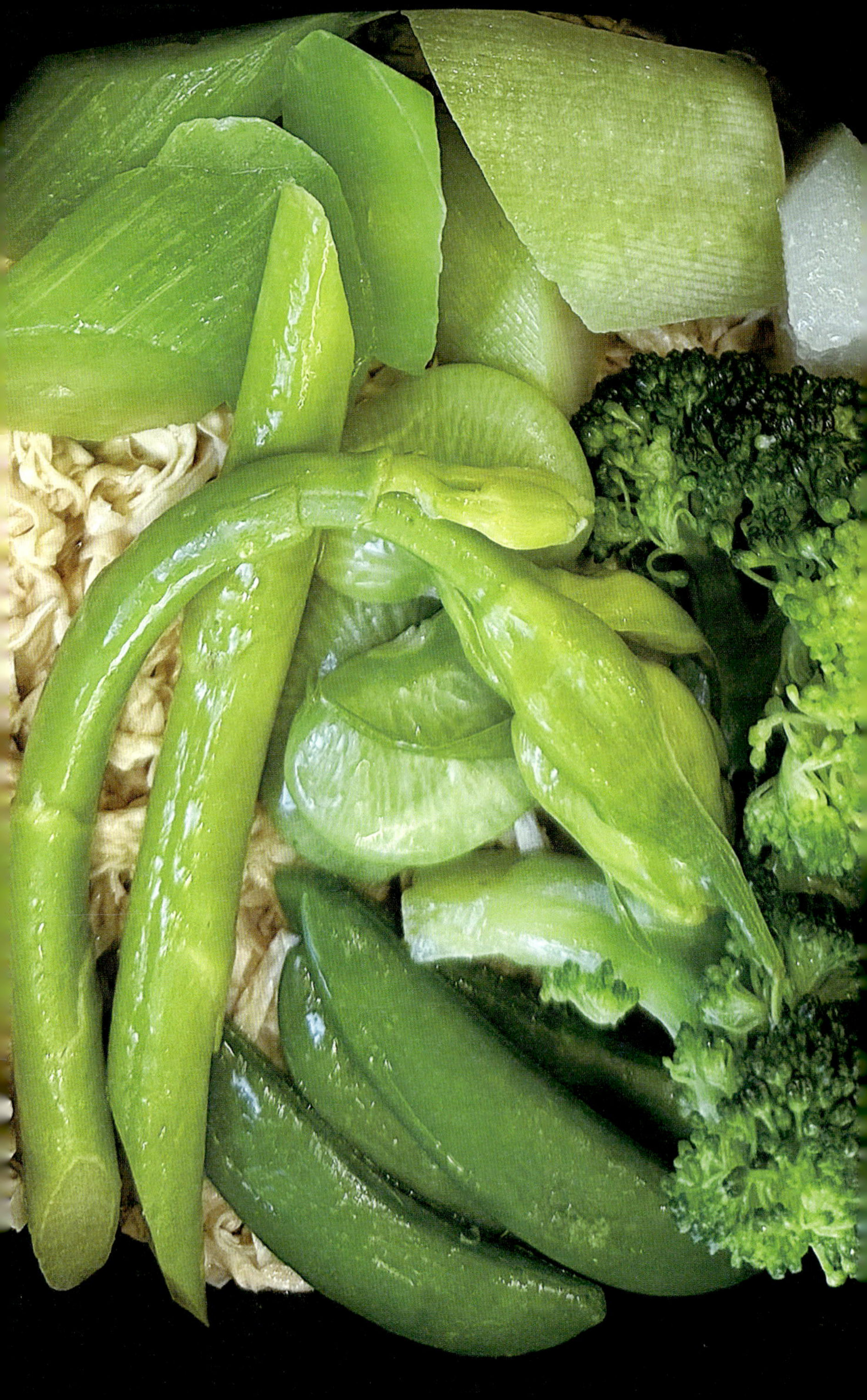

母亲掌厨的年代,还是农业、手工业时代,
一般人的生活都简朴。
家里的三餐,也都很简单。
人少,两菜一汤;人多,四菜一汤。
以蔬食为主,配米饭和面食。
蔬食不是吃素,与宗教无关。
蔬菜、五谷、豆类,搭配一点肉丝肉末,
这样的蔬食,多植物少动物,多素少荤,
隐约着"平衡"的观念,
一直影响我对身体或生命的看法。

二〇二三年在"中央书局"推出"春暖花开蔬食料理",此为其中一道绿色汆烫时蔬。(左)
童年家常都在家用餐,一碗五谷粥配简单小菜。(右)

目 录

自序　母亲的料理是我最早五行的功课　　001

五行时时在流动　　001
母亲的炉灶　　017
火候与人生　　033
腌渍与风干　　049
菜市场的日常　　065
母亲的大板刀　　083
母亲的家常菜　　103

择菜与掐菜　　　　　　**121**

小菜演义　　　　　　　**139**

韭花与水八仙　　　　　**157**

庶民野菜　　　　　　　**173**

后记　母亲教我的事　　**189**

附录　母亲的手　　　　**205**

自序

母亲的料理

是我最早五行的功课

"五行",木、火、土、金、水,宇宙间物质的五种基础元素。

秦汉之间,开始建构庞大的五行哲学体系。

五行,是空间的方位,五行,也是时间的秩序。

五行,是颜色的青、赤、黄、白、黑。五行,也是音律的宫、商、角、徵、羽。

五行是身体的肝、心、脾、胃、肾。五行也是朝代兴亡、政权递变消长的依据。

五行至今在华人的世界影响至深且广。华人足迹所在,大概也就跟着五行终始。

婴儿诞生,看五行命名,缺金,就取名"鑫",缺火取名"炎"，缺水是"淼"，缺木则有"森"。

寿终正寝，墓葬风水堪舆，也莫不依循五行法则。

不到民间，很难体会五行学说，它已经不是上层知识分子的哲学理论，更是广大庶民百姓用来生活的日常法则。

读过董仲舒《春秋繁露》，五行体系一环扣一环，严密繁复。

但是，我更想在这本谈母亲料理的书里，具体说明她的厨房与五行的息息相关。

母亲的厨房，大灶用土砖砌造；大铁锅、大板刀是金属；厨房燃料有木柴、木炭；这些"木"用来燃"火"，她的厨房里也永远储备一缸清水。

木、火、土、金、水，在母亲的料理时代，产生简单而又微妙的互动平衡。

五行的有趣，不完全是汉儒董仲舒的哲学体系。与其掉书袋，不如走进庶民的厨房，看百姓如何在日常生活里实践五行的智慧。

母亲料理时代的厨房是我最早五行的功课。

大学时读《春秋繁露》，不过只是在文字上印证。

至今，我仍喜爱走进庶民的厨房，看大灶柴火熊熊，锅勺铛铛，大水沸沸，热气腾腾，陶瓮陶碗公，土石厚重，听大板刀切剁时砧板利落响亮的声音。

那是庶民的声音，是日复一日踏实生活里和木、火、土、金、水充满活力的互动。

我总是回忆着母亲料理时代厨房的气味。

从甘蔗熬糖的气味开始童年的梦想，慢慢懂得一点醋，在汤面里漫渙散开，在口颊两侧形成难以形容的滋味。酸，是青涩，是过了童年，甜的宠爱失落了，酸里有不可言喻的少年初长成的孤独。

我耽溺在母亲厨房的气味里。闭起眼睛，用嗅觉认识她炒炸花椒的辛香、她在磨芥末时的辛辣；她在煎着一条赤鯮，小火，那空气里就弥漫着鱼的魂魄。

"九宫"，是我尝试用九的多数象征母亲厨房多变而丰富的气味。甜、酸、咸、辣、苦，我们说的"五味"

只是基础。五味像是易经八卦，八个元素，却可以配置转变出复杂的六十四卦，还有更多爻象变卦的无限演绎。

母亲厨房料理的气味是我一生学习不完的人生功课，甜的宠爱幸福，酸的失落嫉妒，辣的叛逆，咸像血、像汗的劳累，苦，仿佛在喉咙的深处，等待你最后细细品尝，悲欣交集。

母亲的料理时代，我回忆着她的泡菜坛，回忆着她的酿酒瓮，回忆她悉心培养真菌发酵的腐乳。有一天有人跟我说："民族不够老，不懂得吃臭。"

我气味的"九宫"是母亲料理时代厨房记忆的网络，甜、酸只是初阶，辛辣，辛苦，辛酸，我会更多懂一点"辛"的深刻意义吗？

我还能回忆五味杂陈的复杂网络系谱吗？

在强烈的呛辣过后，我还能恢复到母亲最后那一碗清粥的"淡"定从容吗？

"淡"，似乎是一清如水，却又如此如炎火燃烧。

记忆着母亲料理时代的"五行"，记忆着母亲料理时代的"九宫",希望做气味与人生的功课,向往甜,却能静静包容人生的苦或臭。

有一天面对淡淡清粥,知道生命回头看去,"也无风雨,也无晴"。

《母亲的料理时代》,是想向母亲致敬,向那个战乱过后,所有从废墟里整理起锅碗瓢盆的母亲致敬。

因为她们,我们敬重生命,知道在庶民百姓平安过日常生活的面前谦卑致意。

母亲留下一张照片,她十六岁,斜躺在校园草地上,像做梦的文青。那张照片之后,战争爆发,她从此就在离乱中东奔西逃,能够安定下来,为孩子做一餐饭,就是她最大的幸福与满足吧。

二〇二三年三月　春分　怀念母亲

五行时时在流动

五行可以是知识,

五行也可以是长久人类生活史上总结的经验。

五行是流动的时间与空间,

是静观流动的万物内在的本质秩序。

五 行

先秦时代发展起来的五行观念，可以从哲学思想史上去追溯。但我更感兴趣的不只是知识层次上论述的五行，而是普及在庶民生活里充满了活泼流动性的五行。

大学时读汉儒董仲舒的《春秋繁露》，一本推崇儒家的书，里面其实含纳着广泛活泼的五行阴阳思想。

民间不识字的庶民，其实不会读《春秋繁露》，也对抽象思想的"比相生""间相胜"一知半解。

五行在思想史上有知识分子的论述研究，庞杂繁复，最后常常容易发展成欧洲中世纪经院哲学的繁琐。

但是民间在生活里运用五行，非常自由活泼，因地区、时代变化，像一棵树，在不同季节呈现不同的面貌。

一棵树木，潜藏在土地里的根，常常蔓延极深极广，却不容易为人发现。木是与土有关的，木也与水有关。

大部分人观察的树木，有破土而出的新芽。新芽茁长，慢慢形成粗壮主干。主干分出枝丫，散出绿叶。我们会观察枝丫分布的状态，它可以让散布的绿叶承接阳光和雨水。雨水量多量少，形成不同的树叶形状。长长的叶尖是排除水分的，叶片上分布水分输送的脉络也清晰可见。

树木的开花，是比较鲜明的变化。红色或黄色的花，都像阳光转换的能量。

春天开的花凋谢了，在落蒂的位置结成果实。果实一日一日成长，到秋天的时候成熟，垂在绿叶之间，金黄或橙红，饱满圆实。采收果实之后，白露、霜降，树叶变色凋零，离枝离叶，剩下光秃秃的主干，黑乌乌的树木枯枝，衬着黑沉沉的乌云天空。

古代先民，是从观察一棵树知道了季节，知道了生命的循环，周而复始，枯枝等待春天发出新绿的嫩叶。

先民钻木取火，认识木与火的关联；有金属的时代，伐木丁丁，也认识了木与金的关联。

五行可以是知识，五行也可以是长久人类生活史上总结的经验。

一棵树，归纳为"木"，木有东方的属性，木是春天，木是青色。木与雨有关，雨从龙，一直到现代，华人民间到处看见"青龙""白虎"的符号。

民间大量使用青龙、白虎，却不一定知道其与五行有关。

白虎是金，金属有金属的属性。金属是白，金属是秋天，金属是刀、是杀，死刑处决叫"秋决"。

读《水浒传》，知道"白虎堂"杀机重重。

民间用自己对宇宙万事万物的观察建构起广大的五行体系。

水是滋生木的，木又破土而出。矿土可以提炼出金属，金属又可以克制木。

五行体系慢慢形成，像四季运行，春木，秋金，夏火，冬水。

汉代的镜子上常常镌刻四神兽，左青龙，右白虎，南朱雀，北玄武。朱雀在南方，是红色，是火焰，是热烈的夏天。玄武是黑色，是龟蛇合体，是北方，是寒冷凛冽的冬天。

四神兽的汉代铜镜里其实隐藏着中央的方形，是土地，是人自己，是黄色。四维上下，四季运行，星辰流转，中土的人是稳定的力量。

五行在民间无所不在，已经与思想史上的哲学无关。民间在两千年间，从自己的生命经验中体会出物质秩序的"相胜"与"相生"，找到牵制、对立、冲突间微妙的平衡。

色彩学上有"对比"，也有"和谐"。音乐上有"和声"，也有"对位"。"对比"是"相胜"，"和谐"是"相生"。"和声"是"相生"，"对位"是"相胜"。

"和谐"太久就是停滞,无法发展进步。同样,一直"对位",找对立,找冲突,也失去了稳定,虚耗精力。

五行在政治上逐渐形成观察权力消长的一种方法,周代以火德兴,崇尚红色。秦崇尚水德,黑色。水可灭火,秦就要代周而起。

我对五行中的"气数"兴趣不大,用来说服统治者玩弄"气数"得天下,也许忘了"气数"的根本是人。没有人的尊重,没有人的宽容,没有人的慈悯,"气数"就只是权术,权术恰恰是看不清五行流转的最大障碍。

秦始皇自称"始",他毕竟没有看到"终"。汉代有很大的领悟,所以权力的最高峰永远提醒"未央"。

汉代瓦当文最常出现"千秋万岁""长乐未央",在秦代空间征服的霸悍之后,汉代回头寻找时间中的悠远绵长。

五行的影响在华人世界深远广大,常常出乎我们意料。在东南亚的华人小区,青龙白虎的符号无处不在,地理堪舆风水先生的空间与时间定位似乎仍然遵循着两千年的传统法则。

童年时看民间嫁娶墓葬、看风水算计吉时,很容易斥为迷信。

每个文化都有"迷信",迷信一个教派,执着一个教派,也可以从教派走出,观察天地,观察万物。静下来看事物间牵连互动,找到牵连的秩序,懂对立,也懂平衡,或许才能从"迷信"中走出来吧……

五行,对我而言,不是一个固定的体系,五行时时在流动。阳光下的树木无时无刻不在流动;阳光下的河水无时无刻不在流动;阳光下的金属、阳光下的火焰、阳光下的大地,都无时无刻不在流动。

五行是流动的时间与空间,是静观流动的万物内在的本质秩序。

用五行观察政治,观察朝代兴亡。用五行勘察地理风水,判定吉凶,用五行做个人事业情感的悔吝祸福预测,这些,我都不擅长,最后似乎是在自己的身体里观察五行流动的规则。

《尚书·洪范》里谈五行："水曰润下，火曰炎上，木曰曲直，金曰从革，土爰稼穑。"

木火土金水，各有属性，《尚书·洪范》里似乎开始把这些属性连接到食物与味觉系统："润下作咸，炎上作苦，曲直作酸，从革作辛，稼穑作甘。"

"咸、苦、酸、辛、甘"，大约也就是今天习惯说的"酸、甜、苦、辣、咸"五味。

体系哲学慢慢形成，习惯把各种事物都容纳进一个秩序的系统。

现代年轻人好谈星座，星座粗浅分土象、水象、火象、风象，也连接到最早西亚一带"地水火风"的宇宙本质元素观察，和先秦到汉代的五行类似，试图用几个物质元素属性建构起生命秩序。

五行和五味连结，在汉代如《黄帝内经》一类的医书，也自然会把人体的脏腑和五行运作在一个体系。

影响汉医至大至广、深入民间的《黄帝内经》，用五行解释人体和味觉的对应，用人体的脏腑和宇宙上下四维节气对话，建立广大华人养生医疗的基础观念，两千年来已经根深柢固。

引用一段《黄帝内经·素问·金匮真言论篇》对肾经的描述：

北方黑色，入通于肾，开窍于二阴，藏精于肾，故病在溪。其味咸，其类水，其畜彘，其谷豆，其应四时，上为辰星，是以知病之在骨也。其音羽，其数六，其臭腐。

这个包含天文地理、音律色彩、嗅觉味觉的庞大的体系，现代人要如何面对？读的时候，当然有很多疑问：为什么肾经在音律上是轻细的羽音（想到日本寺庙的"羽音泷"）？为什么在数字上是六（想到尚水德的秦朝数字是六的倍数）？

暂时把不容易理解的玄奥搁置一边，仅挑出脏腑与味觉的关系，条列成笔记。

"木曰曲直"就把木的属性的生发、曲直、舒伸，用来解释肝脏和胆（腑）的作用，"曲直作酸"，也就连结了味觉的酸与肝胆的关系。

汉医的肾、膀胱是属水的，水润下，与咸味有关。

汉医的心脏和小肠（腑）属火，温暖，炽热，五味中是苦。

我们的脾脏和胃（腑），属土，味觉是甘。

我们的肺脏和大肠（腑）属金，味属辛。

关于五脏六腑与色彩味觉的关系，民间有很笼统的概念流传，例如肺属金，喜欢白色，秋天适合养肺，所以一到秋天，常听朋友说："要多吃白色的银耳、莲子、百合……"

五行如果是流动的，很难变成一个公式，照本宣科，一成不变。最好的汉医似乎常说调养。调养，我的理解，不是治病，而是在不同时节找到自己身体的平衡。

味觉记忆

二〇二一年五月，因为三级疫情警戒，我住在东部池上万安村龙仔尾一处农舍。三个月的时间，不但息交绝游，每日抄经画画，为了避免接触，连池上中山路的市集也很少去。

附近农家送来当季新米，我煮滚后就关火，焖一个晚上。第二天吃微温的粥，一屋子芋香，忽然记起童年时物质不多的年代的饭香，五谷是可以很香的。

回想了一遍记忆里的五谷和根茎类的蔬食，玉米、小米、红藜、油芒、葛郁金、番薯、芋头、茭白、萝卜、甜菜根、山药，还有许多豆类的香，种子的香，菱角、芡实、莲子、鹰嘴豆、红豆、绿豆、黄豆、虎豆、黑豆、苹婆……

在无人的新武吕溪水声潺潺的圳沟边散步，空气里都是七月刚收割的稻米的香，不多久就是夏夜微风带来阵阵新插秧苗的香。第一季稻谷成熟金黄的饱满，第二季稻作新插秧苗翠绿的稚嫩，交替着春末夏初的宇宙节气运行。

植物是这样香的，不同的季节，每一种有每一种不同的香。

"盘飧市远无兼味"，因为偏远，食材不多，所以味觉可以单纯无杂念。

我在龙仔尾尝试懂得品尝杜甫说的"无兼味"，也尝试回到童年，寻找食材不多的年代记忆里的叶片、枝茎、根茎、种子、花或果实的美好滋味。

都是美好的，然而因为太多、太多欲望的杂念，我许久忘记了单纯的、专一的气味。然而搜集信息的时代，处处时时都是杂念，如何回到单纯专一？

童年时的味觉记忆很少是动物的，鸡鸭鱼都不多，牛羊一年也少见，食物的记忆大多是植物。

近四十年，我的食物记忆改变很大。在龙仔尾素净的农村，忽然回到对植物的想念，发现自己身体里还有这么深的对五谷、根茎、菜叶、豆类种子的记忆。

我的身体原来像一棵树，有许多植物的属性，渴望土地、水、阳光、空气，畏惧火和金。

吃了太多动物，仿佛死去动物的生命还在身体里，对它们，有些许歉意。然而，广大的植物草本、木本的嗅觉、味觉从脾胃、肺腑里滋生着悠长的感恩。

依赖植物活着，依赖动物活着，可以形成很不同的生命走向吗？

雨后的中央山脉，大山这样稳重笃定，不惊不畏。长云来去，这样轻盈自在，一无挂碍。

童年植物食材的呼唤，在龙仔尾农舍，尝试用五谷作粥，试试纵谷小农的有机稻麦，尝试从过多的肉食回到早先童年蔬菜的滋味，龙葵、灰藋、水菜、马齿苋……

马齿苋是母亲常摘的野菜，后院长满的马齿苋，同安邻居叫作"猪母奶"，母亲叫作"宝钏菜"。她说："王宝钏苦守寒窑十八年，就靠吃这野菜活下来。"

在东部餐厅看到有马齿苋，颇为惊讶，也为了怀念母亲，就常常去吃。餐厅老板阿昌很赞赏说："这野菜Omega-3非常高。"很感谢阿昌让我重新回忆母亲的宝钏菜。

我最早食物的记忆，是母亲给我的应该感谢的功课。

在龙仔尾农舍依稀还留着大灶痕迹的厨房，我用不同颜色的谷类和豆类烹煮"五行粥"。五行既然是方位、节气、色彩的流动，就不用太固定拘泥僵化的公式。

我们视觉上的青、赤、白、黄、黑，我们味觉记忆的甘、咸、辛、酸、苦，都会自然调和平衡。母亲常说："五味杂陈。"她说的，像是味觉，仿佛又更像人生。

母亲的炉灶

母亲的菜教会我许多事,包括物质的处理。

认识一根柴木,认识一只铁锅,认识土制的炉,

认识柴木如何在土炉里燃起火来,如何在水沸腾时,利用蒸气蒸熟馒头。

四十四坎

跟母亲上菜市场是我童年快乐的记忆。

那时候住在大龙峒,邻近保安宫,我家隔一条马路就是同安人四十四坎商业小区的后门。

四十四坎在保安宫西侧,是同安人开设的四十四间(坎)商业店铺。

记忆里是南北各二十二间,隔一条小街相对,从杂货饮食到药铺衣物俱全,平面展开成街市,内容等于今日的一间百货公司。

小时候,母亲常支使我去四十四坎买东西。有时候是打酒，有时候是买油，那时代瓶装、罐装都少见。我是拿一个锡罐子，告诉店家要多少钱的酒或油，店家用长柄勺子从瓮中舀出，倒进我手中的锡罐。我也不用付钱，店家会记在账上，按时跟母亲结算。

为了做生意方便，临街店面昂贵，四十四坎每间店铺门面大约是三米宽。这不宽的店面却有很长的纵深，大约有六七十米长，前面是临街店面，后段用来住家，或作仓库，囤放货物，光线阴暗，幽深而神秘。

我家的南侧就紧挨着四十四坎后门，母亲打发我买东西，我不想绕远路，就常常穿过这长长的甬道。私人住宅变成我的快捷方式通道，也顺便看阴暗角落堆放的各式杂货。

天井照下来的光恍惚犹疑，奇异的气味，混杂着食物、被褥、人体，或魂魄里散不去的记忆。偶然有老妇人洗澡，坐在中庭幽暗的光下，赤裸身体，垂着双乳，用刨木花沾油梳篦长长头发，或解开裹脚布，看着自己扭曲变形的小脚发呆。

那阴暗光线里模糊不清晰的人或物，奇异难以形容的气味，在欲望和腐烂间游移的嗅觉，一直到今天，每次走近四十四坎，虽然已是完全走样的遗址，只剩一块黑色毫无温度的石碑，那久远时光里的光线和气味依然扑面而来。

店家对十岁不到、可以帮忙家务的孩童好像都有疼惜宠爱，就常常抓一把碱水黄面条给我吃，或者一颗圆糖，糖的核心是一片腌渍话梅，含在口里，甜蜜里慢慢渗出一丝丝的酸。

四十四坎有各式吃食店铺，大多是同安人百年历史的传统小吃：肉羹、土魠鱼汤、鱼丸、肉臊饭、米粉汤。还有各式碗粿，用黄槿叶子衬着，或装在小碗里，随时调上赭红甜辣酱和蒜头酱油就可以上桌。

四十四坎也有青菜蔬果摊贩，但菜色不多。于是母亲买菜多不在四十四坎，而是从我家往北走几条街，有一个更大的市集，现在已改建为几层楼高的大楼，题名"大龙市场"。

大龙市场

　　大龙市场在上世纪五十年代还是许多摊贩聚集的市集，地上积水，很泥泞，买菜的人很多，摩肩接踵，小贩吆喝，跟顾客攀谈，讨价还价，热闹非凡。

　　童年最深的记忆竟是菜市场里勃潏复杂的气味。我闭起眼睛，可以随着那气味找到刚刚宰杀的猪肉摊前，还带着生命余温的肉体内脏，仿佛在砧板上还可以跳动的心脏，那样的肺腑肝肠，告诉年幼的我如何认识肉体。肉体的热烈，肉体的荒凉，我学会对肉体敬重愧疚，不是在学校，其实一直是那市场的芸芸众生。

　　市场收摊，清洗过的市场依然活跃氤氲着各种气味。我可以闭着眼睛，完全依靠嗅觉走到白天卖鱼虾蚌壳的摊子前，那空无一物的摊子，蒸腾着强烈不肯逝去的生命的腥味，在夏日黄昏，比任何宗教或哲学更清楚告诉我什么是魂魄。我因此相信"魂魄"是身体消失而坚持

大龙峒保安宫西侧有清代同安人商业聚落四十四坎。

不肯离去的存在，看不见，但是在嗅觉里这样清晰。

我也尝试在夏日黄昏走进空空的市场，依靠嗅觉找到白天母亲挑选菜蔬的摊子，九层塔的气味、姜蒜的气味、芫荽的气味，或者豌豆苗有点委屈的清香，像渐行渐远不太骚扰人间的平静气味。

母亲教会我用嗅觉认识整个市场众生的欢悦、众生的哀伤。仿佛她仍然带领着我，走在世界各处，走在人群中，在嗅觉里知道爱或者恨，拥抱的温暖，厮杀的血腥，生的气味，死亡的气味。

大龙市场来自"大龙峒"这个地名。大龙峒早期汉译并不一致，或称"大隆同"，或"大浪泵"，后者似乎更接近原来此地部落的发音。

大龙市场在基隆河、淡水河交汇处，上世纪五十年代，附近多还是稻田菜圃，农民自产的蔬菜水果很多。当时家家户户多豢养鸡鸭鹅，也多有猪圈，门口常备有一存放厨余的土瓮。我小学放学回家，也常拿竹筛去附近捞溪流水圳里的蚬仔、蛤蜊，砸碎了喂鸭子。母亲则一早拿剩饭拌了谷糠等饲料喂鸡。因此一年鸡蛋鸭蛋不断,可以保证一家八口都有蛋吃,可以想象家禽数目之壮观。

鸡鸭日常四处游逛,自己找虫吃,黄昏都按时回家。各家有各家的鸡鸭,好像从来没走错家门。

如今都会长大的一代,很难了解早期台北农业、小畜牧业、手工业时代的生活景象吧。

工商业发达以后,台北最先都会化,河流污染,土地增值,房价被炒作,农业、手工业消失,自家的家禽、自家的菜园一并消失。认识植物、动物只有靠知识,知识只是概念,用来考试可以,用来生活就可能处处行不通。

当然,一定有人振振有辞,回戗说:"我的生活就是麦当劳、肯德基……如何?"

都会有都会的傲慢自大,飞龙在天,自然无可如何。

幸好这些年在东部有机会重新认识小农、手工的产业生活。知道手摘的梅子和洛神花,毕竟和用落草剂收割的不同，也知道化学污染的稻米、激素速成的鸡鸭猪，已经多么严重伤害了一整代年轻人的身体或心理状态。

我庆幸在台湾自然环境没有被破坏的年代度过童年、青少年，一直到二十几岁去欧洲读书，大多是吃母亲亲手做的食物长大。

现在不会特别羡慕米其林三星，偶尔去，也有新奇，但是心里很清楚，能够有二十几年时间餐餐吃母亲做的菜，是多么大的福气。

母亲的烧饭烧菜

母亲的菜教会我许多事，包括物质的处理。认识一根柴木，认识一只铁锅，认识土制的炉，认识柴木如何在土炉里燃起火来，如何在水沸腾时，利用蒸气蒸熟馒头。

应该先说明，那个年代，所有使用的物质元素都和今天不一样。

用五行的观念来看，那时候厨房有炉台，是土做的，炉子里面烧的是木柴。烧饭时跟兄弟姊妹帮忙母亲生火，先选细树枝，用报纸点燃，等火上来了，再添加大一点的柴。台湾潮湿，木柴不容易燃着，平日就要日晒让柴干燥。干柴烈火，懂了木柴，也懂了火，顺便懂了自己或他人的情欲。

木柴如果潮湿，烟很大，熏得眼睛张不开，灰头土脸。因此吃饭的时候，家家户户常把炉子搬到后巷通风处，避免烟往屋里蹿，火也容易盛旺。

火旺了，才在柴上加炭，好的炭烟少，但贵。一般家庭还是多用生煤，烧饭的时候一条巷子都是黑烟。柴火炭烟，热烈的树木还报给世间的气味，总觉得可以感恩。

在炭炉上烧饭并不容易，现代瓦斯炉轻易可以调大火小火。炭炉如何控制火的大小？

炭炉都有炉门，拳头大小，炉门有铁片做的，开阖容易。我记得最早用的炉门也是土捏制的，有一次炉门摔破，母亲要我去对门理发店要一点地上落的头发，回来掺在湿土团里，捏一捏，就先做一个炉门。

需要火旺，打开炉门，用扇子扇。长大以后也很容易知道社会上什么人在"扇（煽）风点火"。

汉语的民间词汇、成语多从生活中来，和知识分子用来考试的思维十分不同。

煮饭当时是难事，水煮沸了，往外溢，要把炉门关小，却不能让火灭了。微微通风，细微的风里含蓄的火温，慢慢蒸烤，散逸出饭在不同温度的香气。同时要移动锅子，让锅底的火温均匀，等微微焦香散出，饭就熟了。锅底有一层焦黄锅巴，我最爱吃，因此常常故意让锅子在炉上久一点，多一点锅巴。

锅巴好吃，不只是米香，还有脆硬紧实的口感嚼劲，牙齿好，自然爱锅巴的干脆。

没有瓦斯，没有电饭锅，人类也活了上万年，有幸接到万年的尾巴。面对有瓦斯、有电饭锅的一代只有羡慕（包括自己），但以为没有瓦斯、电饭锅就活不下去，却不以为然，因为曾经用柴火煤炭煮过大铁锅饭。

台湾家用燃料史很值得研究，上世纪五十年代，烧柴、烧煤炭，后来有过洋油，也有很长一段时间用煤球。

煤球闽南语叫炭圆或炭丸。用煤渣、煤屑混在土里制成，烟味呛鼻，燃烧时黑灰屑乱飞。

煤球大概是上世纪六十年代的记忆，家家户户墙角都堆着一撂长排煤球。煤球约十五厘米高，圆筒状，中间有孔。煤球也要用柴火先燃着，好处是一个煤球换另一个煤球，不用再生火，直接把新煤球放上去就燃着了，方便很多。

煤球炉也有炉门，烧过晚饭，关了炉门，炉里还有文火余温，炉子上总坐着一只铁壶，保持家里永远有热水用。

汉字的"家"是屋顶下要养"猪"的，我记得的家是有文火余温的炉子。

用过的煤球多用钳子夹到马路上，用来填路上坑洞。那时道路多没有铺柏油，下雨泥泞，坑洞很多，废弃煤球刚好可以填坑。

想谈谈母亲的烧饭烧菜，结果谈起了家用的燃料。

我总觉得不同燃料、不同炉子料理出的饭菜都不一样。从柴火到煤炭，我记得相思木、龙眼木在火里燃烧的香，记得它们烧成灰时的声音，记得它们留在铁锅上焦黑的烙印。

跟"锅巴"相关的料理，大多来自柴木煤炭时代的记忆。把焦酥的锅巴淋上各式浇头的菜肴，在"抗俄"的时代加上很政治的菜名"轰炸莫斯科"，大概已经是今天有选举权的人都不知道的事了。

台湾什么时候普遍平民家庭都用了瓦斯，大概是料理史上的重大变革吧。俄罗斯攻打乌克兰的时候，有人剖析欧洲对天然气的抢夺，我也才惊觉今日认为理所当然应该有的"天然气"，有一天会不会没有。

燃料的火，来自柴木、煤炭，来自油或天然气，会如何影响到我的生活？

理所当然，会不会是人类存在下去的最大危机？

料理离不开火,离不开水。自来水今天在台湾也是"理所当然"。我的童年,没有自来水,在溪流边洗衣服、洗菜,去附近井里提水烧饭,都是"理所当然"。

使用柴木,使用溪水,使用炭火,使用大铸铁锅,使用土灶,木火土金水,我重回母亲料理的时代,重新记忆起她生活里的五行。

一九六〇年,台湾有了第一台电饭锅,彻底改变了民间煮饭的方式。改朝换代,面对崭新的一只电饭锅,全家的喜悦、整条巷弄的喜悦,难以言喻。到一个年龄,知道真正的改朝换代是说庶民生活,与历史喜欢夸张的所谓"大事"无关。

最近朋友怀念锅巴,试着用柴木生火烧饭,弄了一屋子烟,灰头土脸,还挨了老婆一顿骂。

火候与人生

炉火慢『煨』、细『炖』，『煎』或者『熬』，都是功夫，拿捏火候，是做菜，也是人生。

火 候

朋友送来一颗银栗南瓜,像一颗大桃子。绿色里泛着银光,像汉朝绿釉陶泛出水银的光,沉着安静,很美。放在几案上几天,舍不得吃,也在想,如果是母亲,她会如何料理这银栗南瓜?

我看过母亲烧冬瓜盅,陪她在菜市场选冬瓜,挑了很久,挑中一颗小冬瓜,直径大约二十厘米,切开来,瓤很厚,青白如玉,透着夏季暑热里山泉般的沁凉。

母亲的冬瓜盅用鸡汤煨冬菇、木耳、松菌、扁尖,加一点泡软的干贝、火腿片、干鱿鱼丝。材料偏素,肉类只是提味，火一大开沸腾就转小，然后慢火细蒸。关火再焖一下，让汤头的鲜香，渗透进冬瓜瓤里。吃的时候，一勺一勺舀在碗里，清爽素净，余韵很长。

后来有机会吃到大餐厅的冬瓜盅，加了太多鲍鱼、花胶、蹄筋，材料昂贵，缺失了冬瓜的清淡，总觉得遗憾。

素净，并不容易。也许，素净是守一种本分，不贪妄想，也就素净了。

母亲的料理，仿佛带着她战乱时四处颠沛流离的本分，谨慎里求众生平安，滋味深远。因为一生都在迁徙，她的料理没有特别地方的执着。她是北方人，各样面食，从麻什（猫耳朵）到旗花面，从水饺到馒头包子，她都拿手。她也会做父亲家乡的福建菜，自己酿酒取酒糟，裹着鳗鱼，蒸炸都好吃。她也用酒糟炖鸡，鲜香滑嫩。

福建菜的腰花油条麻烦，猪腰处理费工夫，尿管剔除干净，用面粉搓洗，不留一点腥臊。用大刀片成薄片，调味快炒加入隔夜酥脆油条，这一道闽系名菜母亲也拿手。

母亲在大龙峒定居，她就学做同安人的各式米粿、油饭，过年和邻居一起磨米做年糕。

颠沛流离中活下来，很难有妄想，也就平实朴素。

料理用火，讲究火候。蒸、煮、煎、熬、炖、烙、烤、煨、炸、炊、煸、炒、焖、汆烫，都是火候。

火候是对火的体会，大小快慢，都有分寸。

火从邃古燧人氏传下来，或者如古希腊所言，是普罗米修斯从天上众神处偷窃而来。人类围绕着火，细数天上星辰，期待旭日初升。一万年过去，仍然盼望火种传递，代代不绝。

母亲经历的火的使用，像一部火的历史。她在战乱里，看过炮火，看过硝烟，也许可以体会生活里静静看着一圈炉火的幸福满足吧。

她做饭做菜，用过木柴燃火，用过炭，用过煤球，用过洋油，用过瓦斯，用过电，用过磁波……

每一种不同燃料的炉具，都有各自的特色，做出的饭菜也有不同。

炉火,或许一时让她想起某一日大轰炸的火光冲天,鬼哭神号。她还是聚精会神,祈祷眼前那一圈炉火有天长地久的生活的安稳吧。

炉火慢"煨"、细"炖","煎"或者"熬",都是功夫,拿捏火候,是做菜,也是人生。

现代人多不懂"煨"的慢火温度,也难体会人与人的"依偎",慢热,却长久。懂得"煨",懂得"焖",都需要耐心与时间。

对火没有耐心,也难理解生命里"煎"和"熬"的隐忍。

我越来越少在餐厅吃干煸四季豆,"煸"要时间,"煸"不是"炒",也不是"炸",不用油,用小火"煸"出水分。这也需要时间,匆匆忙忙,很难理解"煸"。

我的童年,用火,需要时间;用水,也需要时间。

打开水龙头就有水,如今也是理所当然,冷水热水都有。

我的童年却不然,到溪流边取水,到井边汲水,回来把水烧开,需要的时间也很长。

最近在一条河畔步道看到一台泵浦，看了很久。大概青年一代已经不知道是什么。泵浦是汲地下水的装置，一边有木头的柄，上下挤压木柄，另一端水喉就会送出水来。我的童年，这样的装置很普遍，妇人们都聚在水喉泵浦边，洗菜、洗衣物，也聊八卦是非。有时为了抢水，也有人在泵浦旁打架，撕扯头发。

泵浦是小区共享的取水装置，当然没有今天家家户户的水龙头方便。我很庆幸十岁以前经历过家家户户没有自来水装置的时代，所以直到今天，打开龙头，有水流出，都觉得是神迹，心存感谢。

现今在家里打开水龙头，过滤的饮用水、热水立刻就有。用水这样方便，自然没有"神迹"的感动，也不需要感谢；有水，理所当然，没有水，可能就谩骂抱怨。

应该庆幸，经历过缺乏的时代，有机会对此刻拥有的充满感谢，守本分，便没有太多妄想。

是的，科技进步，许多家事有机械代劳。我很庆幸，从一无所有开始，随着年龄，家里有了电扇，有了留声机，有了电视，有了瓦斯炉，有了电饭锅，有了电冰箱，有了电话，有了空调冷暖气，有了捷运，可以随时坐飞机到想去的地方旅游。

每一样机械出现，都像神迹，充满喜悦兴奋。

然后，大概半世纪，出现能源的危机。电力资源不够了，出现碳排放废气的污染，出现臭氧层破裂，南北极融冰，森林大火，许多动植物灭绝，饮用水里大量塑料微粒……

庆幸过神迹，也看到神迹不被感谢，人类失了本分，没有节制，神迹转成诅咒。从"创世记"到"索多玛城"的毁灭，仿佛《旧约》都已预言。

围绕在我们生活周遭的五行——木火土金水，时时刻刻都在变迁，有时缓慢，有时快速，也许，核心的位置还是人。人失去了自己立足的本分，木火土金水的运转流行，不会是助力，反而变成障碍。

工业革命之后，有机械替代传统手工劳作，人类也许慢慢会发现，一百年，工业革命的神迹一一转成诅咒。

泵浦是汲地下水的装置，一边有木头的柄，上下挤压木柄，另一端水喉就会送出水来（图里的泵浦木柄断缺），我的童年，这样的装置很普遍。

后工业时代，要如何重整一百年工业消费留下的世界性难题？

我庆幸过生活里一一出现的科技神迹，一直到手机、计算机。我也开始深沉反省。电冰箱、电视、计算机、洗衣机、洗碗机、微波炉、空调冷暖气、除湿机、空气清净机、电子扫地机等，看着这些家庭必备的机械，也会问自己：我可以少掉哪一件？都是"必备"的吗？

我需要另一种神迹，回到素朴的生活原点，不是增多，而是减少。

常常演练《易经》"损""益"二卦，生活还可以减少什么？还至本处，也许应该回来守人的本分了。

电 冰 箱

"我的童年是没有电冰箱的……"有一次，我这样说，年轻人听了，无限怜悯："好可怜喔……"

可怜吗？也许吧……

我因此回忆了一下"冰箱"。

台湾这么热,夏季温度高又潮湿,没有冰箱,食物怎么保存?

上个世纪五十年代,台湾经济生活和今天大不相同。家家户户食物都不多,食物不多,很少剩菜,也很少有"厨余"。所谓厨余也就是一些剩菜的汤汤水水,存放在门口一个土瓮里,用来喂猪、喂鸡鸭鹅,喂狗喂猫,猫狗都不胖,人也不容易胖。

最近一位朋友,下班回家,她最疼爱的小黄狗"袜子"扑上来讨拍,忽然抽搐倒地就死了。朋友哭了好几天,医生说这样猝死是跟心脏有关。她不肯解剖尸体,哀伤地办了丧礼,埋葬在宠物墓地。

我的童年,人不容易胖,宠物也不胖。很少外食,食物大多当天吃完。大部分吃蔬菜,菜里炒一点肉丝肉末,除非过年过节,很少看到大块肉、一整只鸡或鸭。

没有剩菜,好像也没有特别需要冰箱。(这当然是阻碍进步的观念。)

我最早接触的冰箱不是电冰箱。

冰箱，不插电。是一个木头柜子，里头放冰块，冰块同安人叫"冰角"。五毛钱买一块冰角，店家用锯子锯开，二十厘米见方，草绳捆扎，提回家一路还滴着水。

因为不用电，不叫电冰箱，通常叫作冰柜。夏天很热，冰点绿豆汤、西瓜、青草茶、酸梅汤解暑，很少用来存放剩菜。

冰块用刨子刨成冰碴，加上各式酸甜果汁，也是夏日佳肴。

我到现在也不习惯吃剩菜，饭菜做一定的量，吃完，不留隔夜，也就不那么依赖冰箱。

电冰箱有了，大概是一九六〇年前后。我们一排粮食局宿舍，都是公务员，都用冰柜，没有电冰箱。邻居里有一户是南洋华侨，忘了是新加坡还是菲律宾，我们都笼统叫作"南洋"。"南洋华侨，他们家进口了一台电冰箱。"一时传为美谈。

那台电冰箱，庄严如白宫，放在客厅中央。附近几条街的邻居都来观赏，开开关关，觉得神奇。插了电，凉风徐徐，干净明亮，像神话中的水晶宫或广寒宫。

电冰箱让附近左邻右舍快乐了很久，也像神话一样传述了一段时间。

现代人很少把冰箱放客厅，冰箱实用，也少了神话的丰采。

这家人很和善，有了小区第一台冰箱，很乐于和邻居分享，不仅招待大家参观，招待吃电冰箱冰过的檬果、芦笋汁，也同时邀请大家，"家里有剩菜都拿来冰，不要客气……就像一家人。"

有好几个月，傍晚晚饭过后，就看到这家人门口络绎不绝，许多人拿着剩菜剩饭串门子。

好像家家户户突然多出很多剩菜，把剩菜剩饭存放到电冰箱里，像一个节庆仪式，竟然也成为那个没有什么娱乐的年代快乐的回忆。

要说吗？电冰箱的故事有一个不太优雅的结尾。

那时候儿童肠道多有寄生虫，学校规定定期有卫生所的人员来验粪便。小学生每人发一个小火柴盒，规定装进粪便，用信封套好，写上班级名字，统一集中，次日交给卫生所。

大概有邻居把剩菜跟这盒粪便一起放进水晶宫般的电冰箱，气味不佳，被发现了。这家华侨主人大怒，从此不再接受邻居存放食物。

街坊邻居议论起来，也很为主人不平，"太没有道德了啊……"大妈们在电冰箱门口说得很大声，刻意要安抚生气的主人吧，又像是为美如皇宫的电冰箱委屈。

一九六〇年前后，台湾都会的生活改变了。有了电冰箱，有了电视，都放在客厅，电视制作得也像皇宫，有拉门。最早有电视的一户人家，也招待一条街的人晚饭后去观赏，摆满座椅，铺了席子，热闹非凡。一直看到唱完歌才依依不舍回家，屏幕上闪着神秘、模糊像梦一样的光。

节目内容都忘了，只记得那梦一样的屏幕上闪闪如岁月眨眼的光。

电冰箱改变了我们生活的方式。没有电冰箱，食物不会存放很多，饭菜做适量，当天吃完，不堆放隔夜菜，其实比较健康。

现代人越来越依赖冰箱，电冰箱要够大，有时候一个不够，要用两三个。冰箱塞满各种动物尸体，冷冻好几个月，退了冰，肉质其实也比不上温体肉类质量好。

很多人喜欢台南牛肉汤，一小碗，牛肉切薄片，入水一汆烫就好，加一点细姜丝，香甘幼嫩，难以忘怀。那口感味觉，还是因为不冷冻。

没有电冰箱的年代，母亲做出过极好吃的料理，材料新鲜，不冷冻，不冷藏，适量可口，也不浪费。

剩菜越来越多了，厨余越来越多了，好像跟电冰箱越来越大有冥冥中的因果。

不在自家做菜了，请朋友上馆子，总要叫一桌子菜才排场。剩的菜比吃的还多，最后都打包，回家塞在冰箱，吃一个礼拜也吃不完。隔夜菜，大部分都走了味儿，不好吃，也极不健康，吃出许多肠癌、胃癌。

要怪电冰箱吗？其实还是人自己失了本分。

有电冰箱，方便很多，但是可以不依赖，不塞满食物。不把冰箱当厨余桶，不把自己的肠胃当厨余桶。

没有冰箱，人类有很多保存食物的料理方法：用盐腌渍；挂在檐下风干；用蜜或醋浸泡；用太阳晒；用酒糟包裹……童年的家里，屋子角落总有酒瓮，母亲自己酿酒、腌泡菜、做豆腐乳，自己灌香肠，屋檐下总吊着风鸡风鸭、火腿、咸鱼……

在池上驻村之后，发现客家家庭床下都有宝，六十年的老菜脯，四十年的腌橄榄，一瓮一瓮的福菜、酸笋、豆腐乳……

没有冰箱的年代，保存食物的方法，滋味悠长。

没有冰箱的一万年，人类靠腌渍风干制作的食品，可以好好写一大本书，或做一小手册，准备有一天缺电断能源的时候有个预防方案。

腌渍与风干

民间保存食物,一用盐腌渍,一是风干。或者并用盐渍、风干、油封、烟熏,让食物不腐坏。

保存食物的方法

人类在没有冰箱的时代,各个民族都发展出很多保存食物的方法,也形成很特殊的料理传统,值得重新认识。

在池上吃过一家客家人的菜脯鸡汤。用存放六十年的老菜脯炖出的鸡汤,除了黑如煤炭的老菜脯,加一点老姜,其他什么都没有放。入口韵味悠长,很久远很久远的身体记忆被呼唤醒来,不可思议。原来一片一片用盐腌过,置放在瓦罐里,存放在屋角床下阴凉处,六十年密封的岁月,一根萝卜,也像修行的生命,咸苦甘甜,从飞扬到内敛，从跋扈到沉着，可以历练出这样的滋味。

依赖冰箱，我们很难相信食物可以存放六十年。

我们还有六十年的耐心等候一根萝卜的变化吗？或者，还有六十年一甲子的时间等待一个生命的成熟富裕吗？

我也喝过四十年的老菜脯鸡汤，深琥珀色。差二十年，尾韵也不同。坊间比较容易买到的是二十年、十年的菜脯，颜色如深咖啡，和一般吃的萝卜干差不太多，韵味也浅薄很多。

现在也有人尝试把六十年、四十年老菜脯，加上新鲜白玉萝卜，炖汤，老中青三代，时间的新旧交错，迟暮与青春对话，又是一种滋味。

时间，也许是修行的关键。

人的修行关键在时间，物质也一样。最近看到拍卖市场一支老酒拍到一千一百零一万五千元，虽然觉得有点夸张，但是我对入喉的酒无法有这样深层次的品味，也就不敢随便评论。

尝过三十年意大利老醋,浓厚醇香,蘸一点在面包上,就知道岁月的力量有多么强大。

一九九〇年的Chambertin,市场上也是天价了,和老朋友喝,和懂的人喝,酒酣微醺,是巴黎风华过后沧桑又优雅的风韵。繁华都看过,可以静静在一个角落,微笑静观众生喧哗,连聒噪轻浮也可以包容。

味觉里常常有风雨晴寒,或者"也无风雨也无晴",回首萧瑟,像文学里的诗,淬炼过,所以文字语言都少。

在东部纵谷寻常人家喝到四十年老橄榄炖的鸡汤,也是叹为观止。没有跟价格扯在一起,存放的主人,不是为价格存放。有时说:"阿嬷腌渍的,放在廊下,忘了。"

忘了,因此,有时是难得的好。

这样的东西,通常量不多,也只有跟亲近的朋友一同赏识,有钱也失之交臂。

没有冰箱的年代,在爱斯基摩一类终年生活在天寒地冻的地区,保存食物不难,丢在冰雪中,随时取用。

母亲说她青年时在北方,院中一个大缸。蒸熟的馒头、包子、卤肉，都丢在里面，冻得硬邦邦。吃的时候，拿出来，蒸笼里馏一下。

"馏"这个字，现在也少用了。利用大锅沸水的蒸气，处理冻硬的食物。不是"蒸"，是"馏"。

大缸的食物，过旧历年，从腊月一直吃到二月初二，整个正月是不开伙做新菜的。

母亲的老习惯，过年准备很多食物，一百个馒头，一百个包子，一百个卤蛋……她喜欢一百。没有冰箱，也没有大缸，天气热，最后都快速分享给左邻右舍。

民间保存食物，一用盐腌渍，一是风干。或者并用盐渍、风干、油封、烟熏，让食物不腐坏。

小时候，屋檐下总吊着母亲做的风鸡、风鸭、腊肉、香肠。用花椒盐抹过，加了烈酒，吊在檐下，晒太阳，风吹。腊肉肥油，最后如透明水晶，在阳光下晶莹透亮，滴着油，透着风和日丽的气味。

去过西班牙的朋友，都怀念小酒馆屋顶上吊满一只只火腿，烟熏，也风干。火腿美丽性感，形状色泽都风情万种。喝着小酒，看厨师把火腿片成透明如红玛瑙的薄片，纹理宛然。配一口红酒，嚼在口中，也像是品尝时间的年轮。

地中海沿岸都有盐渍、风干、烟熏的各式肉类，为了保存食物，却演变出丰富的食物滋味。意大利的帕尔马（Parma），一个小城，风里都是令人喜悦的火腿气味，薄薄一片火腿，配一片熟透的哈密瓜，夏日恍惚，喜悦和忧愁都不可言喻。

各个民族都有用盐腌渍食物的漫长历史，也都有用风和阳光炙晒，使食物干透，不容易腐坏的方法。

日本用盐腌渍的食品很多，通常太咸，一点点就让人头皮发麻。这样咸的腌渍，原本也是用来配饭，不能多，一点点海苔酱，一点点腌渍鱼卵，配着近江米的白饭，也有可圈点处。

我喜欢的日本腌渍食品是味噌，种类繁多，各地红的、白的味噌，用来涂抹烧烤，用来炖汤，都是豆制品，风味大大不同。

一般印象，日本食材保持原味较多，现磨芥末，配微微炙烤的鲔鱼，要品尝出文青爱说的"侘寂"，像一句俳句，松尾芭蕉，五、七、五，十七个音，多一点都累赘。

但是，日本民间生活普及广大的味噌、纳豆，都并不只是"侘寂"。要各地跑一跑，穷乡僻壤，老婆婆出手，一碗白味噌汤，漂着葱花，一支山芹，滋味丰厚。村上春树到七十岁，写《弃猫》，才写出这一碗汤的厚重沉稳，平实而且简单。

据说，日本味噌可以追溯到上古绳纹陶时代，人类味觉的历史韵味悠久，是生命的主轴，也是文明主轴。

我煮味噌汤，先炖汤，小鱼干，海带，萝卜，松茸，炖熟了，最后，关火，在沸腾的汤里慢慢搅散白味噌，汤水如云，洒上柴鱼屑、葱花即可。

好的味噌汤，不浓烈，也不清淡，平实安静，像小津安二郎的电影，《东京物语》《晚春》《早安》，每部都好，每次看，都还是热泪盈眶。他的电影，寻常人家，总吃着秋刀鱼、味噌汤。

许久没有品尝我喜爱的腌渍茗荷了。像嫩姜,如手指尖尖,胭脂红,用盐醋浸泡,早餐配饭,清爽干净,肉体和灵魂一起沉静。

发酵的声音

母亲做很多腌渍食物,像泡菜,把高丽菜洗净,擦干,一片一片抹上炒过的花椒盐,和切成条的红白萝卜、黄瓜等菜蔬,放入一个深褐色的坛子里。坛子口缘有槽,盖紧了,槽里一圈水,阻隔空气和水,让坛中的菜蔬静静发酵。母亲的泡菜加高粱酒,发酵后气味芳香爽脆。

发酵,是物质在时间里酝酿变化。母亲叮咛不可以随便掀开盖子,要我学会把耳朵贴在瓷坛上,静静听发酵的声音。

"听到吗?"

我其实没有听到,但是很喜欢把脸贴在光滑冰凉的瓷坛表面,好像探听胎儿脉动。

最喜欢的是贴近酿酒的酒瓮,土瓮灰棕色,有四五十厘米高,小口,用蜡把木塞封严。脸贴近时,感觉到陶土经过火烧过的质感。陶器制作,有一万年历史,懂得加水揉土,塑出容器,再放进窑里,加上木柴,用烈火烧。这是人类认识土,认识水,认识木,认识火的过程。五行只差金的出现了,金属要晚好几千年。

脸贴在陶瓮上,仿佛贴近一万年的故事,母亲说:"静静听……"我似乎真的听到了,谷类发酵的声音,这声音,人类也听了一万年吗?

那一夜,觉得的声音,从远古传来,像天上星辰流转,带着芳冽酒香,从陶瓮里满溢而出。

不知道是谁动了封蜡,木塞被发酵酝酿的气体冲开,清晨起来,原来不是梦,一屋子酒气,陶瓮四周流出红红的酒糟。

母亲收拾干净,就用酒糟裹了鱼、鸡、猪肉,用蒸用炸,也炖汤,吃了几天的酒糟料理。

所以，腌渍的食谱，用油盐，用醋，用糖或蜜，用酒，也用豆酱，方式很多，初衷都是为了保存食物。

母亲做过豆腐乳，不成功，她就放弃了。

我极爱豆腐乳，早餐配粥，没有更好选项。台湾的豆腐乳，从宜兰尝到屏东，从新竹吃到池上，每一地的风味都不一样，比日本味噌还要丰富多变化。

但是，最好的豆腐乳常常是非职业的家传手工，量少，也不太上市场。像池上玉蟾园阿嬷的椒麻豆腐乳，每次去也只有几罐，常常上面贴着纸条，注明要等六个月后才能开封品尝。

我去巴黎过暑假，总带着池上米和玉蟾园豆腐乳，早餐吃过，才有兴致去罗浮宫看《蒙娜丽莎》。

味觉不圆满，好像做其他事也都轻浮虚伪。

遗憾的是法国朋友很难体会，用筷子蘸一点，放入口中，龇牙咧嘴，好像吃到屎。

我很好奇，法国明明有臭到不行的 Époisses de Bourgogne，被形容如"久不洗澡的阴私气味"，这样的奶酪，嗜之若狂，独不见容池上豆腐乳乎？

此臭非彼臭，可见臭有严重民族歧视。

爱把"平权"贴在额头上的人，让他们试一试Époisses，或绍兴的"三霉""三臭"，就知道他们给自己贴的标签往往太过宽容。

绍兴的"三霉""三臭"是名菜。我爱鲁迅的文字，《阿Q正传》《药》《狂人日记》，都写到一个民族的可恨可痛可悲哀处，啼笑皆非。绍兴的朋友跟我说："没有通过'三霉''三臭'，你爱鲁迅是假的。"

我记得有一种"臭蛋"，是死在壳里的雏鸭尸体，咽不下去。我呕吐的时候，想到鲁迅《药》里用新斩人头的血蘸馒头疗治肺结核，吐到涕泪滂沱。果真，味觉比文学真实。

记得第一次吃Époisses，也臭到难忍，很感谢当时法国老师说："一个民族不够老，不会懂吃臭。"

我没有经历过真正的贫穷，大饥荒，饿到要吃腐烂的尸体活下去，甚至，亲人的尸体……我对味觉上的臭也只是文人的清高洁癖吧?

风和日丽的气味

我在池上,住大埔村,是客家聚落,用日晒风干食物也是他们的擅长。

冬天芥菜收成,一棵棵芥菜,像树一样,肥大茂盛。这么多芥菜,吃不完,卖不完,剩的都晒在墙头屋瓦上,做成酸菜。酸菜做火锅配料,炒辣椒都好吃,可以保存比较久。

芥菜实在太多,做了酸菜,剩下的塞在瓮里瓶子里,做成"福菜",这是客家菜肴里常常用到的。

福菜要塞得很紧实,不能受潮,几乎像真空,可以保存两年不坏。

福菜做完,还有剩余芥菜,就用盐渍风干,绑成一捆一捆,做成"梅干菜"。

客家族群的俭省惜物如此。

我在纵谷富里吃到极好的梅干扣肉,"边界花东"陈妈妈的"手路菜",那梅干菜就是主人自己制作的,一捆一捆,够咸够干,放多久,都不坏。

所以,有冰箱,可以存芥菜;没有冰箱,芥菜就多出不同品类:酸菜、福菜、梅干菜,其实都是"芥菜"。

还是要感谢有冰箱,可以保存新鲜芥菜,但是,继续缺电,也不妨试试酸菜、福菜、梅干菜。

我很开心,住在大埔村,看家家户户日晒风干食物。她们会按门铃,借我的墙头晒芥菜。我是边间,院子的墙很长,一米半高,太适合晒菜了。画画累了,我就坐在院子,晒太阳,吹风,看墙头阳光下风里的芥菜,岁月清平,莫不静好。

在兰屿也到处看到部落里悬挂着一串一串的飞鱼,烈日炙晒,风吹,一日一日,就透出宝石的红光。海洋的渔获,用这样自然的方法长存,供养人的生存。

新冠疫情期间,朋友送来一大罐醋浸泡的云林莿桐蒜头,嘱咐每天早晚喝,去邪毒。醋渍也是传统保存食物的方法。

  坐在院子,吹着风,晒着太阳,忽然想到在陕北穷乡,家徒四壁的人家,门口都挂着长串的大蒜、辣椒、玉米、高粱。金黄,艳红,在风里摇曳,在阳光下闪耀,他们的食物是这样"风光"的,原来"风风光光"是说大自然里的"好风"与"好阳光"。

菜市场的日常

市场像我最早的学校,跟着母亲,东看西看,很好玩,也学了很多。那种学习,不是为了考试,没有压力,也许才是真正的学习吧。

防 空 洞

小时候跟母亲买菜,替她提着菜篮,在菜市场一家一家逛。这是日常生活,很平凡无奇,然而记忆深刻。

那是一九六〇年代前后,世界打过一次你死我活的战争,如果幸存下来,就很珍惜平凡日常的生活。

日常,平凡,战争之后,是奢侈的幸福。幸存的男女,惊魂甫定,努力生孩子,像干旱季节的植物,要用繁殖对抗毁灭。有一个世代叫"战后婴儿潮",我有幸是这个世代之一,有幸至今没有遇到战争。

小时候的台湾,还常常有空袭警报。半夜里突然响起急促尖锐叫声。父母赶紧给孩子穿衣服，躲进防空洞。

原来小区有大防空洞，后来家家户户都有防空洞，按照户口人数规定洞的大小。我们家后院防空洞可以容纳八个人。

防空警报后来变成演习。知道是演习，就松懈很多。会慢吞吞爬起来，带一些卤鸡腿、卤蛋，一面嚼食，在防空洞里摸黑聊天，等警报迟缓下来。解除警报像运动过后的虚脱，奄奄一息，顽皮的孩子就学着那懒懒的声音，再爬到床上睡觉。

防空洞后来废弃了，变成小孩玩耍的地方。豪雨积水，鸭子游进去，生蛋，孵一窝小鸭子出来。

防空洞上长满马齿苋，好吃的野菜。母亲又说了一次王宝钏吃了十八年野菜的故事。吃了十八年，马齿苋也改名叫宝钏菜。

我最喜欢防空洞上野生的几株山芙蓉，盛开的时候，一片胭脂红，随日光转色，浅粉、浅绛、粉白，青春转老。随着战争渐渐远去，太久没有战争，大家过平常日子，好像理所当然。

可是，战争总像一头阴骘的兽，蹲伏在暗处，虎视眈眈，不知道什么时候突然扑出来，又是一场鬼哭神号。

父母经历过战争，知道什么是死亡。生离死别，就是瞬间的事。他们因此慎重，不轻易说"死"，不轻易招惹"鬼"。

年轻婴儿潮长大了，不信邪，爱看僵尸，爱扮鬼，爱把自己住的地方叫"鬼岛"。鬼年鬼月，特别要去招惹，因为太久没有战争了。

也许，人类对灾难、死亡也有渴望。

母亲经过保安宫，都要拜一拜。也叮咛我要拜。她说保生大帝是医生，救人无数，后来封"英惠侯"。"英惠"是母亲读书时的学名，婚后改了名，但她少年时的同学都还叫她"英惠"。她因此也觉得与大龙峒保安宫有缘，得神庇佑。

买　菜

日常生活，最重要的是每天早上去市场买菜。

在菜市场逛一圈，买菜，同时也看各类摊贩，和摊贩一一聊天。

鱼虾蚌壳牡蛎，在水盆里吐着水泡。螃蟹用草绳扎着，四脚朝天，脚拼命蹬。母亲有时翻开螃蟹腹部的盖甲，看里面的脐，或者母蟹涌出来的黄绛色的卵。

黄鳝也养在盆子里，溜来溜去。像黄鳝一样滑溜的是泥鳅，短一点，黑一点，带着泥沼的腥气。

大龙峒当时有很多水田，水田里黄鳝、泥鳅、蚬贝、青蛙都有。小学下了课，三三两两，在田里找各种食物。好像也不当作食物，一半是好玩。抓黄鳝，不巧会抓到水蛇，要赶紧放手甩开。

我喜欢拔起初生的茭白笋，清洁莹润如月光，贴在脸颊上，有一池水的沁凉。

市场的青菜摊子有新鲜的植物的香。芫荽、薄荷、葱、姜、茼蒿、山芹、九层塔，都好闻。我常常闭着眼睛，用鼻子嗅，想要把所有的气味都记在肺腑里，记得那植物来自土地和季节的饱满生命力。

有时候是一颗剥开的新鲜橘子，辛冽的酸，刺激着味蕾，像盛夏被日光晒烫的土地，一阵暴雨，升腾起的气味。新切开的菠萝，一把利刃刺着牙龈，全身起鸡皮疙瘩，刺激到鼻眼都是泪。

那是生猛的旧日市场才有的生命记忆。曾梦到旧市场，一颗漂亮猪头，刚刮干净，悬吊在肉贩头上，笑吟吟的，像刚从美容院出来，自己也觉得像一个老板，和气生财，跟来往顾客打招呼。

市场像我最早的学校，跟着母亲，东看西看，很好玩，也学了很多。那种学习，不是为了考试，没有压力，也许才是真正的学习吧。

家里院子够大，养了不少鸡鸭鹅。也有菜圃，韭菜、西红柿、豆角、丝瓜、辣椒，一丛一丛，日常需要的食材好像也都有。

但是每天都要去菜市场，像一种日常仪式，很平凡，很简单，但要重复做。每一天做，仪式才够慎重。

当时逛市场，都是买一家人当天要吃的菜。没有冰箱的年代，买当天吃的菜。有了冰箱，还是买当天吃的。

现代都市经济结构改变，父亲母亲，整天时间都给了职场，孩子自己吃，自己上学。父母都忙，不太可能每天买菜。

在周末的超市，星期六、星期天，会看到家庭推着推车，堆满一个星期要吃的食物，才意识到有一个全职的母亲，每天买新鲜的食材，每天烹饪不同的菜肴料理，是多么奢侈的幸福。

现代超市，也和我童年的菜市场不同。听不到鸡鸭乱叫，野狗逡巡在肉贩摊子旁，随时准备叼一块骨头。鱼在砧板上，头剁下来了，努力张口，鼓动两鳃，好像要努力找回突然断裂失去的身体。

那市场，有生有死，充满众生的气味。

肉贩主人用一张姑婆芋的绿叶卷起仿佛想说什么的猪舌，一整条猪舌。或用剪刀剪开盘缠不清的猪肠，那么长，那么柔肠寸断。

母亲回家，一面用盐和面粉清洗，拉起长长的肠子，一面和我说《界牌关》里惨烈厮杀的"盘肠大战"。罗通受伤，肚腹破了，肠子流出来，便把肠子盘在腰上，继续厮杀。

母亲把肠子洗得白净如玉后，说起战争里的大轰炸。一个人，刚说完话，被炮弹炸到，身体四分五裂，肠子都黏挂在树上。说故事的时候无动于衷，好像只是惋惜，没有时间把树上黏挂的肠子好好洗干净。

以后遇到叫嚣战争的人，我都知道，他们是没有经历过战争的。

是的，我应该感谢，平凡的日常，如此奢侈。

可以跟母亲逛菜市场，在水盆旁边，用手指逗弄每一颗张口吐气的蛤蜊。我的手指一碰，它们就缩回去，紧紧闭着，躲在自己以为安全的壳里。

当地当季

五行的料理,强调的是当地当季。食材的当地当季,是我的身体渴望与土地对话,渴望与季节对话。

住在纵谷的时候,总会用当季刚刚收割后新烘焙的池上米煮粥,每一粒米,仿佛都还记得季节时序。一粒米,记得晴雨、风露、寒暖,记得土地和季节的祝福,记得阳光热烈、雨露滋润,记得长风吹拂,记得严寒时的隐忍。

口里品尝新米的粥,像懂茶的人说春茶与冬茶的不同,像在说人世冷暖。六十石山的茶园,主人娓娓道来,烘焙的茶笼里一阵一阵茶香,很清楚让身体懂了这一方土地,也懂了这一季的寒暖。

春天观音山的绿竹笋产季,附近农民一大早摸黑入竹林,太阳还没露脸,在湿雾里探索竹根下未出土的新笋,用手摸一摸,确定了,一锄头挖下去,一颗鲜嫩的幼笋。一担一担挑到河边,正是早起的人开始散步时。

三三两两，一人买下一堆。太阳从大屯山透出彤云，笋也已经卖完。农民挑着空担子回山上了。

这样的早市许多人碰不到，也很难体会土地和季节给了这些新笋多么美好淡永的滋味。

农家的人会教你挑笋，没出过土，笋尖很弯，颜色青浅，才无苦味。

有时候想起怀素的《苦笋帖》，十四个字："苦笋及茗异常佳，乃可径来。怀素上。"苦笋和茶太好了，赶快来。像一则简讯，怀素告知苦笋的好，要朋友快来。这样的平凡日常，已是博物馆书法国宝。

我也想尝尝苦笋，刻意挑两个，农民不解，也暗笑我外行吧。

回家，一堆笋，带壳煮沸，关火焖，凉冷了就放冰箱冷藏。吃的时候剥壳，切块，千万别放美乃滋，自然有春天的鲜甜清爽，连苦味都好，体会唐代怀素这和尚的推荐，配一壶清茶，真的"异常佳"。

"异常佳"，常常也就是当地当季。最平凡，也是最

唐·怀素《苦笋帖》："苦笋及茗异常佳，乃可径来。怀素上。"
怀素告知苦笋和茶太好了，要朋友快来。

奢侈的日常。

料理太违反日常,让我遗憾,料理太扭曲平凡,我大多敬而远之。偶尔吃一次,知道就好。

有点像看名牌时尚展,伸展台上争奇斗艳,看了也高兴。但是,我心里明白,穿那样的衣服,那样扭捏走在大街上,真可怕。

作怪,并不是日常。不平凡,不日常,也有人趋之若鹜,不必我凑热闹。

大概深受母亲影响,我敬重能把平凡日常做好的料理,平凡日常,也才是天长地久。

小时候跟母亲在菜市场绕一圈,记得绿绿的青菜,一把一把,用草绳扎着,后来读《诗经》,也总觉得那"采采卷耳,不盈顷筐",我直觉是帮母亲放进菜篮的包心菜。学者当然说不是,但是学者不上菜场,他们有考证,我的"卷耳"是生活的意象,美丽而且这么鲜明。

很简单的包心菜,母亲常用油爆了花椒粒,再加辣椒和醋,醋熘的包心菜酸脆,带一点麻辣,还是我平凡而日常的记忆。

家常的菜,可以常吃。特殊的料理,偶尔伸展台上看看就好。每一餐都要不平凡,会吃不消。

平凡而且日常的料理越来越少了。朋友请客,多是"创意"或"分子料理",吃到有点怕。

但是也为难,不"创意",不"分子",繁华都市,争奇斗艳,很难卖高价。不卖高价,一个一个平凡日常的餐厅陆续关门。平价又花工夫,平凡、简单,已经不合时宜。

以前中山堂对面小巷子里的"隆记菜饭",前两年关了。他们的葱㸆鲫鱼我真想念,㸆菜也好,芋艿也好,烤麸也好,白玉酒蒸猪脚是一绝,大骨黄豆汤也是一绝。如此日常,却都花工夫,有火候,不搞怪,不乱创意,平平稳稳,随时去吃都好。

然而结束营业了。

有时候会算一算,这两三年,光是台北,关了多少家这样的餐厅?

怀旧其实没有意义。我相信,这个时代,许多人的"平凡""日常"就是麦当劳或肯德基。"平凡""日常"不是不在,是改变了,更快速,更一致化,不强调慢工出细活。"慢"和"细"必须昂贵,必须"创意",必须"分子",一万元起跳,一个人喔,所以与大众的日常已无关系了。

苹 婆

正写着平凡日常,收到一包嘉义山崎刚采收的苹婆。

苹婆是"中央书局"盛尧寄来的。四月初,我们合作"五行九宫蔬食",我希望五行是流动的,不拘泥形式,木火土金水,颜色上是青红黄白黑,五行粥的内容就随当地当季两个原则更替。

我在嘉义民雄一所大学校院看过成熟的苹婆。掉了一地,外壳绛红,壳爆开,内里艳橘色,非常美。苹婆果外皮深褐色,搓开外皮,果肉土黄,像栗子,烤熟以后，比栗子还香。

苹婆颜色近土，温暖厚重，画的时候，用线条勾出凤眼，用赭石加墨填色，五行属土，我直觉是滋养脾胃的好食材。

我希望大暑前后，五行粥可以加入苹婆，正是中南部台湾的当地当季食材。

感谢盛尧找到了，这是连雅堂《台湾通史》里记录过的植物，他用的字是"宾婆"。

宾婆、苹婆是南部台湾地方语言"ping-pong"转译。

古代汉字的苹婆指的是苹果，一种小苹果，粉红色。宋人黄筌画过《苹婆山鸟图》，那幅册页就在台北故宫博物院。此"苹婆"，彼"苹婆"，容易搞混。

南部夏日正是宾婆或苹婆生产季节，可惜年轻一代多不认识了。在民雄的大学校园，只有我一个人，蹲在地上捡苹婆果。

没有日常生活，其实，很难真正爱一个地方。

立秋这日的早餐，我就试着烤了几颗苹婆，嘉义山崎产的。烤熟了，去除外皮，切成丁，撒在五行粥上，粥上添一道盛夏之香，慢慢品味，等待暑去秋来，岁月滋味隽永。

母亲的大板刀

母亲在厨房,有时候是杜丽娘,有时候真是黄天霸。

我最喜欢看她拍蒜、拍姜、拍黄瓜,三两下,外面不见损伤,内里已经软烂……

厨　房

现代讲究的厨房，总有各式各样的厨具，千奇百怪，形式造型特殊。一件厨具拿在手上，有时候要猜很久，不知道作何用途。

洗碗机、烘干机、烤箱、微波炉、冰箱，这是必备的，常常都按一定规格设计，随着公寓住宅一起交屋，家家户户都一样，成为一种厨房规格。

我也喜欢看干净不锈钢墙面，挂着一排一排大小不一的锅，铿铿发亮，完全像艺术品。

"那才叫作'厨房'啊！"我也常常忍不住赞叹。

最近参观了一个朋友的新家,她喜爱意大利,着迷托斯卡纳。所以她一开始装潢,拒绝建商制式的厨具,另外订购,进口了整套翡冷翠的有名的 Officine Gullo 古典厨具。

住进去一年多,听她夸耀了很多次,终于,她邀我去参观。

"哇,真是好看。"

从抽油烟机的大罩顶到下面一一安置的各种炉具烤箱面板,都是清一色的粉蓝系列,好像波提切利《维纳斯的诞生》名作里微波荡漾的地中海。银灰的衬板,悬吊着黄铜锻敲的大大小小十几个锅子。

"太美了!"我真心感谢朋友带我参观这样精致的对象。

"可以用这些铜锅炖南瓜浓汤?"

"这个浅平底,做松饼很棒欸……"

我说了很久,朋友好像没有意思要开伙。

"我们出去吃吧!"

"啊,这么棒的锅锅铲铲,真想动手自己弄一餐啊……"

她还是没有反应,把炉台上原装的护膜谨慎用白净的细麻布擦了又擦。

"你还没用过?"

"没有,舍不得。"

"嗯——"我看一眼这美如凡尔赛宫的厨房,可以明白把一个美女娶回家,不知如何开封的烦恼。

"今天狠心开幕吧——"我说,"不然你永远就这样供在那里。"

不等她回复,我动手就拆封了。

她尖叫一声,撕心裂肺,然后看着我手上撕破的封膜,无奈地说:"冰箱只有冷冻水饺。"

我咬咬牙,说:"好吧,就煮冷冻水饺。"

我想到母亲常说的,厨房开伙,房子有人气,才叫作"家"。

家，汉字里是屋顶下要有一头猪。我小时候，大龙峒家家户户都养猪。养猪，自然不会是凡尔赛宫。

凡尔赛宫其实也有过一个皇后，不想住宫殿，厌烦应酬礼仪拘束，在树林里另外住在小特里亚农宫（Petit Trianon），还是蛮豪华，也好像有种菜的菜圃，不确定有没有养猪。

冷冻水饺在黄铜锅里旋转浮沉，还是像波提切利《维纳斯的诞生》停在空中的花，一朵一朵，赏心悦目。我心里想到小特里亚农宫，那个隐居田园的皇后最后还是在大革命中被送上了断头台。

我一面告诉这位朋友哪里的冷冻水饺比较好，现擀面皮，里面的馅儿不会死咸，用温体猪肉，我说："虽然是尸体，嚼起来不会太像尸体。"

我忽然想起母亲的厨房。

"母亲的厨房是多么简陋啊……"我心里回忆着。

好像从凡尔赛宫忽然走进台湾一九六〇年代任何一个平常人家的厨房，土砖的大灶，黑铁的大锅，灶台上用切开的葫芦瓜或瓠瓜做的舀水瓢。后来进步一点，有漏勺，用网状的铁线编成，也有竹编的，或者在一般铁勺里凿了小圆孔，捞面，烫米粉，涮青菜，捞水饺，都方便。

"想什么？"朋友打断我的回忆。

"我在想：妈妈的厨房。"

"啊……你也太落伍了吧……"

"我在想：妈妈手里拿一把大板刀……"

"是吗？你看——"

朋友忽然拉开"凡尔赛宫"一格粉蓝色的抽屉，里面平摆着大大小小各种不同形状的厨具刀，将近二十把，每一把都美丽到像是没有醒来以前睡美人的脖子。

"哇……"我大大赞叹，一把一把拿起来，很想立刻在脖子上、手指上都试一试。

武侠小说里有"鱼肠剑"，或者，柔软轻薄的缅刀。那种近似科幻的武器，可以柔软到缠在腰间，抽出来，一道寒光，不见血痕，对方站着很久不动，倒下已经劈成两半。

小时候在庙口看切甘蔗比赛,整根甘蔗,用刀背顶着,一声吆喝,刀刃向下,直直把一根甘蔗劈成两半,神乎其技。

童年的庙口其实是另一种凡尔赛宫,提供形形色色的人间故事,都像神话。

故事像神话,故事里的人,其实不起眼,脏兮兮,流着鼻涕,打赤膊。大概钱不够,刺青女人,只刺了半个乳房,半个乳房的女人在他胸脯诡异笑着。当他一刀劈下,那女人的半个乳房就随胸肌跳动,甘蔗应声而倒。男子还刀,甘蔗扛在肩上,扬长而去。

我盯着那把刀看,黑乌乌,沉甸甸,不像小说里的"鱼肠剑",的确更接近妈妈厨房那把大板刀。

妈妈的那把大板刀,备有一块磨刀石,没事的时候,常常把刀放在石上磨,所以亮晃晃,跟劈甘蔗刀的乌黑不同。

我从"凡尔赛宫"拿起一把一把刀具欣赏,也一一问我的朋友:"这把做什么?"

她大多摇摇头说:"不知道欸——"

我想,刀具设计到十几二十种类型,一定各有各的用途,有空应该拿出说明书好好研究一番。

光研究不够,其实应该真正操作一次,可能才知道这样多不同形式刀具的用途,可以用这样美丽的刀具,做出多么精巧的料理。

我跟朋友说:"你应该多花一点时间在厨房里。"

刚讲完我就责备自己"强人所难",因为我知道这位朋友一个星期的行程安排:星期二星期四晚上,她要跟健身教练上普拉提,星期三星期五有国标舞课,星期六星期日有品酒读书会……这仅仅是我知道的一部分。好吧,我看看"凡尔赛宫",告诉自己"凡尔赛宫"本来就不是为平凡人设计的住处。

不住凡尔赛宫,不住小特里亚农宫,有谁能了解,平凡、简单的生活,像母亲一生,是多么珍贵的福气啊!

为什么母亲的厨房这么简单？为什么我用的词汇是"简陋"？

是不是在凡尔赛宫面前，我们都失去了对自己平凡简单生活的自信。

我们梦想着一种奢华，是有一个像凡尔赛宫一般富丽堂皇的厨房。一个抽屉拉开，有大大小小各式各样不同的刀。然而，每一把刀，都不知道怎么用；每一把刀，都没时间用；每一把刀，都只有朋友来的时候展示一下。

回忆里，母亲打蛋，就用一双筷子。锅里油慢慢热，腾溢油香。蛋汁打出细细的泡，慢慢淋进热锅，慢慢膨起来，在锅底摊成一个均匀的蛋饼（她叫"蛋皮"）。等凉冷了，蛋饼卷起来，用大板刀切细丝。母亲包水饺，拌凉菜，都喜欢配些蛋丝，取其香润。

买过打蛋器给母亲，她玩了一次，说"不好用"，还是继续用一双筷子打蛋。

工具需要进步，商人不断推新产品，可以赚消费者的钱。挖尽心思，推陈出新，最后厨房就像一座凡尔赛宫，富丽堂皇，但是，都不知道怎么用。

母亲的一双筷子，用一辈子，可能阻碍了市场的生产消费，也阻碍了进步。

那支先进的电动打蛋器，真比不上一双筷子吗？这是我们已经不敢问的问题了。

小时候我爱吃芋头，不是大的槟榔芋。槟榔芋我嫌口感粗。我特爱小小的芋艿，粉嫩粉嫩，绵密的香。母亲的葱烧芋艿只有一点葱，一点油，纯是芋头幼嫩的甘甜滋味。

但是小芋头去皮很麻烦，接触皮肤会痒。母亲说："爱吃你自己刮皮。"

所以我常拿个小凳，坐在厨房一角，面前一盆芋艿。我用一支铁调羹，路边摊吃鱼丸汤那种，因为薄，可以刮下皮来。以后试过各种新设计的刮皮器，也没有那支铁调羹好用。

刮久了，知道不沾水，皮肤不会痒。

厨房里有很多学习，小小的芋头握在掌心，有的比鸡蛋还小，刮皮的力道，不能太重，也不能太轻，分寸拿捏，刮完一盆，看看自己的手，很有成就感。

住在凡尔赛宫里，最大的遗憾是不用动手吧。不动手，怎么知道自己存在的价值。

刀　工

感谢母亲的厨房，让我体会好多气味，体会好多触觉，体会好多温度，体会文字语言形容不出的色彩和形状。感谢母亲那一把平凡简单的大板刀，这么单纯，然而她用那把刀做出多么千变万化的菜肴。

回到家，想清除干净脑海里对凡尔赛宫的奇幻向往的渣滓，我认真回忆起母亲的厨房，特别是那一把大板刀。

华人的传统的厨房，大概都有一把大板刀，没有用过，很难知道它的妙用。

我常常在厨房看母亲做菜，对这把钢刀印象深刻。

回忆里，这把钢刀，长方形，长度大约像手掌，宽度也有四指宽，拿在手里有点沉。

这把刀，拿在母亲手里，却很利落。我喜欢看她用这把刀片豆干。而"片"这个动词，现在很少听到了。

用手压着大豆干，从横剖面下刀，把豆干片成薄薄一片一片。左手压着的力度，配合着右手片进去的力量，恰到好处，才能片出极薄的豆干片。一块老豆干，大概可以片成六七片，薄得像纸。再一片一片叠起，切细丝。在旁边看，觉得是精致而且赏心悦目的手工。

后来看美术系学生练习白描，临摹宋代李公麟的《五马图》，"凤头骢"马鬃，细如发丝，一条一条毛笔细线，有条不紊，我就想到母亲用那把刀切豆干丝。

呼吸不均匀，切不成细豆干丝；呼吸不均匀，也画不出"李公麟"。画画、做菜，都是要气定神闲，看到画得胡乱的临摹稿，毛毛躁躁，我就想还是应该进厨房，从基本刀工开始。

现代厨房厨具其实有很容易刨丝或制作各种菜肴的

方便刀具。

但是,手工干丝不一样,口感不一样,入味也不一样。

从小没有吃过手工干丝,无法分辨,就像机器面条,和手工擀成的面条不同。吃不出来,也就很难知道李公麟《五马图》好在哪里。

台北有两家我佩服的手工,一是细切豆腐丝,手工细切,拌一点甘露酱油,美味无穷。

另一家日本料理小店,掬月亭,在新北投,主厨手工细切山药面,先片成薄如纸的透明薄片,再切细丝,细如发丝,拌一点芥末、细葱、柴鱼酱油,滋味也是让人难忘。菜单上没有这道菜,平日闲暇,才有机会看主厨高先生手艺。

刀工是职人的基础,在厨房打下手,要好几年练刀工。有点像达·芬奇,在老师工坊做学徒,洗笔开始,慢慢到打底,勾轮廓,上色。达·芬奇三年后在老师的画作旁一个角落画了一名天使。现在大众去翡冷翠,在那张画前,就只看那小小一个角落。

你看那个角落,就知道这个人可以切出细如发丝的山药丝或豆腐丝。

那把大板刀神奇,可以片出豆干细丝细线,像《牡丹亭》里杜丽娘情欲缠绵时唱的"袅晴丝,吹来闲庭院,摇漾春如线……"

奇怪的是,这切出万般柔情细线的大板刀,也可以忽然翻个面,气壮山河,在砧板上拍姜拍蒜,大刀阔斧,像《三国演义》里的青龙偃月刀,三通鼓声,就要取敌人上将首级。

我母亲一面做菜,一面跟我说《封神榜》《三国演义》《七侠五义》,都是手起刀落,没有含糊,没有拖泥带水的扭扭捏捏。

拍姜拍蒜,刀起刀落,杜丽娘是不行的,还是要黄天霸。

母亲在厨房,有时候是杜丽娘,有时候真是黄天霸。

我最喜欢看她拍蒜、拍姜、拍黄瓜,三两下,外面不见损伤，内里已经软烂。我拍过一次，学母亲架势，"黄天霸"，一刀拍下，满地碎屑，姜蒜乱飞，趴在地上找，找了老半天才找全。

母亲一旁大笑，教我说要用"内力"，不能硬拍。我又想到武侠小说，高手内功，一掌下去，毫发无伤，里面五脏六腑都打烂了。

后来慢慢体会，也能约略用内力拍蒜拍姜。姜蒜纹风不动，里面汁液渗透，气味呛鼻。姜蒜不拍，纯靠切，汁液不迸发，就是没有这呛鼻辛辣气味。

母亲常做面食，包水饺、包子，做韭菜合子，都要剁肉。

绞肉机没有出来之前，硬是一刀一刀在砧板上剁出细肉。有了绞肉机，起初偷懒，直接用绞肉。很快发现，绞肉和手工剁出来的肉馅儿，还是不一样。

做狮子头，剁肉更是基本功，在砧板上细切之后要"剁"，"剁"要利用刀的重量，有点像拍蒜，把肉内在的肌理重组。肉的肌理一次一次"剁"，翻来覆去，肉馅儿才能松。母亲的狮子头，加切碎的荸荠、豆腐，用蒸的，再下进汤锅，浮在煮烂的白菜高汤中，细嫩入味，松软，不油腻。这是功夫菜，刀工加火候，不急躁，不喧哗。餐厅很难这样讲究细节，我已经好久不在外面吃狮子头了。

"剁"这个动词，近来也少用了。肉馅儿不"剁"，干丝不"片"，都是因为有了机器。"凡尔赛宫"，一直进步，人的手工越来越迟钝。

我很赞叹"凡尔赛宫"厨房各式各样的刀具，但母亲一把大板刀，好像做得到以一当十。太相信工具改良进步，是不是忽视了自己手的可能？

跟着母亲在厨房，学到很多。没有母亲那样的手工，但是，切一盘自己卤的牛腱，炖得很烂了，手握着，细切成片，筋肉肌理透明，摆盘时像一朵花，还是因为手工的学习。

母亲的大板刀好用，我刚去巴黎，没有带这样的刀，无法"片"豆干，无法"剁"馅儿，切完菜，无法把刀横过来当铲子,才忽然发现那一把刀的"多功能"。

母亲其实不那么看重刀工。她常说"刀工"是基本功,在厨房打下手,就从刀工开始。她在料理上重视的是"火候"。她说"火候"需要时间,不能领悟时间,"火候"就拿捏不好。

"火候"其实已经不只是做菜了,文学艺术上,常常用到"火候"两字,做人处事,也讲"火候"。"火候"是分寸拿捏,不温不火,不一次一次锻炼,很难"炉火纯青"。

然而,我还是怀念母亲的刀工,她在简陋的厨房里,用一把大板刀,完成各式各样千变万化的料理。

那个年代,讲究圆,尤其过年,"圆"是"圆满"。狮子头圆,珍珠丸子圆,元宵圆,都合理,我看到她用大板刀给萝卜切块,再用小水果刀,削成圆球,就觉得这对"圆"的执着不可思议。

小水果刀也可以做黄瓜卷,把小黄瓜切成段,大约拇指长，把黄瓜段横过来，用小刀从外皮旋进去。一面旋，一面转，转到中心内瓤，把瓤抽出来，用醋、酱油、糖、麻油浸泡。这是江浙凉拌黄瓜卷的做法，纯靠手工，手不巧，一旋就断。

因为常在厨房，等于帮母亲打下手，我至今对准备料理很有兴趣。偶尔也跟学生做菜，学生热心，也要帮忙，我忙着煎鱼，就指一指桌上萝卜，说："替我切滚刀块。"

我说完，发现学生手拿着刀，看着我，不知如何动手。我才醒悟，"滚刀块"或"滚刀快"是母亲和我在厨房做菜的语言。

母亲一面滚萝卜，一面快切，萝卜每一块大小一致，都是角锥菱形，受热面均衡。这样的大板刀切法，西洋刀做不来，这样的快切，也有长时间累积的手工经验，其实也就是青年一代从日本学来的"职人"一词。

"职人"，其实口说无凭，大概还是要在现场好好磨练。

这个当时愣在那里的学生，学建筑，他后来勤练"滚刀快",告诉我:"对基本设计很有帮助。"

母亲的大板刀后来换了一把。一九五八年,金门意外生产了"炮弹钢刀"。忘了是"金合利"或"金泰利"。有亲友去金门,都会带回来当礼物。一颗炮弹,制六十把大板刀,好像是战争悲剧意想不到的惊喜。

母亲拿到礼物,若有所思,她是被战争吓怕了,前半生都在逃战乱,要护好六个孩子,总觉得战争可怕,随时会把幸福摧毁。爱家的人,护好炉灶,最痛恨的是战争,最厌恶的是叫嚣战争的人。

那把钢刀她收在抽屉,始终没拿出来用。

母亲的家常菜

母亲一面择菜掐菜,一面和我娓娓道来的故事,《白蛇传》《封神演义》《杨家将》,我都记得清楚,那是我最早的文学养分。母亲却不说『文学』,她说的是:做菜里也处处是做人的本分。

拜拜办桌

记忆里，二十五岁以前，很少上餐厅。

可能当时大部分台湾人平日也不上馆子吃饭。上馆子，就是应酬；婚礼、八十大寿，才去餐厅摆酒席，宴请亲朋好友。平常日子，都在家用餐。

家家户户按时在家用三餐。家里的三餐，也都很简单。人少，两菜一汤，人多，四菜一汤。以蔬食为主，配米饭和面食。

我记得小时候，豆腐很多，青菜很多。吃鱼，也吃蚬仔。蚬仔是清水沟里都有，民间说"摸蛤仔兼洗裤"，说的其实是蚬仔。我放学也拿箩筐去捞，回来砸碎喂鸭子。后来据说治肝，肝病流行，蚬仔贵了，水沟污染，也不见这生物了。

蔬食不是吃素，与宗教无关。蔬菜、五谷、豆类，搭配一点肉丝肉丁、鱼、贝。

像是麻婆豆腐、鱼香茄子，肉末肉丁先爆炒一下，提味，也让锅里有油。可是麻婆豆腐、鱼香茄子，豆腐、茄子是主角，肉末是配料。这样搭配的蔬食，多植物少动物，多素少荤，隐约着"平衡"的观念，一直影响我对身体或生命的看法。

不排除荤菜，不排斥山珍海味，但是平常日子有平常日子的朴素淡远，不能喧宾夺主。剁熊掌，拉出牛舌，割下猩猩厚唇，听起来耸动。做成珍馐，要吃，也浅尝即止，不想太耽溺。有过珍稀美味的惊叹，还是要回来过安分的日子。每天惊叹，每餐惊叹，惊叹也失去了意义。

母亲掌厨的年代，台湾当时社会经济还是农业手工业时代，一般人的生活都简朴。读到杜甫诗中"朱门酒肉臭",觉得很难想象。红色豪门,酒肉多到臭烂。

在大龙峒,同安人的老小区,多是做小营生的商家,算是小康,没有"酒肉臭"的豪奢;台湾不冷,也不至于"路有冻死骨"。很庆幸,平常岁月,因此也没有很强的阶级意识。

邻居孩子满月,都送来油饭。母亲蒸包子,也多分享邻居。

左邻右舍过的都是一般平常生活,没有太多羡慕,也没有太多嫉妒。

要吃大菜,也有节庆,节庆大多和庙宇供奉神明有关。

大龙峒多庙,我家前面就是保安宫,孔子庙也近。稍远一点,走路五分钟,往西北有觉修宫,往东有平光寺、临济寺。再远一点,走路十多分钟,靠近大稻埕,庙更多,有灵安社,霞海城隍庙。

儒释道的庙都有,有庙就有祭祀。有祭祀就有吃有喝。

孔子庙是九月二十八的祭孔，政府首长都要来。祭典八佾舞，由我的母校大龙小学担纲。我也参加过一次，剃光头，穿长袍马褂，手拿雉鸟羽毛，左摇右摆，其实不好看。空着肚子，等政府首长到，礼乐齐鸣，放鞭炮，体弱的同学已有人呕吐昏倒。

我喜欢的祭典是民间的拜拜，很难归类儒释道，就是民间信仰，那是真真实实的大吃大喝。都不是豪奢的"朱门"，小门小户，也大摆宴席，而且是流水席，认识不认识的人，都坐下来吃，主人都和颜悦色，一律欢迎。

一直到大学，我都爱跟同伴吃拜拜，从大龙峒吃到大稻埕，一路吃到万华老艋舺龙山寺、清水祖师。台湾的殷实在民间，台湾的和气在民间，台湾的宽厚在民间，台湾的包容也在民间。

从欧洲回来，在大学教书，台北已经变了，我还是喜欢带学生去台南，参加王船祭。名目是田野调查，也免不了大吃大喝。那是一九八〇年代，台湾有了麦当劳，学生对乡下办桌的大吃大喝也还叹为观止。

传统拜拜，丰富热闹，生命力十足，"办桌"酒宴，还是我见过最货真价实的料理。连庙口一头头口衔菠萝的猪公都神气活现，南面而王，一脸笑滋滋，绝不小家子气，没有哭丧着脸，没有悲情委屈。

"拜拜"式微了，据说是"有违善良风俗"，明令劝导禁止。

"善良风俗"，只要政府一介入，大概都不"善良"了。一到选举，人人都看得清楚，民风有多么"不善良"。

我怀念民间拜拜，至少保安宫前歌仔戏就要连演几个月，全台湾的好戏班连番上阵。到保生大帝生日，前后三日，庙前搭三个戏台，三台戏一起演。三个戏台，演同一出戏，所以要各出新招，八仙过海，每个戏班都有绝活。台下叫好连连，商家贴出赏金，大红布贴满钞票，直截了当，当场挂出，上写"演出精彩"，连祝贺的语言也不扭捏。

每年都等待那样连台好戏的时刻，看完戏，就挨家挨户去吃"拜拜"。

吃拜拜，朋友的朋友说是一家棺材店，没有地址，邀了一起去。找到一家店，棺材两列靠墙站立，大厅摆了六七桌。大家说："就是这里了。"主人也热烈招呼，说是"阿全的朋友喔,坐坐"。坐下就吃,背后就靠着棺材。不一会儿,阿全出来,"哎呀,不是那个阿全",朋友连说"抱歉"。大家起身告辞,摸摸鼻子,主人还坚持留客,"自己人啦……"

我们一伙又沿街找另外一家棺材店，也是棺材两列靠墙，让活人有地方坐。这次，确定是真的"阿全"，坐下继续吃。

好戏，要连台演，好菜，就流水席分享。因为神明生日过寿，才有好戏好菜，都是分享神明福分。天地神明是福分的根本，这是我青少年时代见证的台湾民俗。

现在棺材店少见了，"阿全"都老了吧！好像善良风俗也没人提了。

拜拜大餐，自然不能天天如此。拜拜结束，戏班剧团用小货车装运道具服装，唱小旦的阿姨在货车边缘给孩子喂奶，一面解开衣襟，一面指挥装运，从容笃定，很有穆桂英挂帅的英姿。

我最早认识"感伤"，便是在庙口戏台看散戏后种种，金盔银甲刀剑戟矛，锣鼓铙钹，一一收起，孩子奶罢大哭，小旦阿姨放下孩子，神明前合十敬拜，虔敬诚恳。货车启动，轰轰扬尘而去。看着货车走远，知道节庆结束了，很"感伤"。

节庆拜拜结束，热闹过后，还是回来安分吃每日母亲料理的平常三餐。不只我家，当时料理三餐的，也多是家里的母亲。四十四坎，一条街，都是女人忙着一天三餐。买菜、洗菜、煮饭煮菜，在灶间忙一整天。

黄昏晚餐，大圆桌摆在厅堂，都是男人上桌，喝酒，也骂人。男人吃过一轮，妇人才带着孩子上桌吃剩肴残羹。吃完收拾碗盘，蹲在地上大盆边洗碗盘筷子，再去大灶烧水，伺候男人洗脚睡觉。

医生朋友闲聊告诉我，那时代男人口腔癌多，因为吃得太烫，"吃第二轮好一点"。他的发现，我没有考证。

料理一家八口的三餐

母亲要料理一家八口的三餐,必须常常变换花样。同样的面食,有时是包子,有时是馒头,有时候是饺子。面条有粗有细,都是手工擀出来的,有嚼劲,口感跟机器面条大不同。

母亲也做猫耳朵,她的家乡母语发音是"麻什",应该是西北地区主食,不确定是哪两个字。

做"麻什"的"动作",母亲发音是"ぢ"。我也不确定汉字真正的写法。这个动作是用大拇指搓面团,一小团面,用大拇指一搓,就卷成猫耳朵形状,中空,煮八成熟,下在滚开的汤底,吸饱汤汁,比面条更有滋味。

"ぢ"麻什,纯粹手工,常常是母亲和面揉面,搓成条,再分成小面团,我们兄弟姊妹就围在旁边一起"ぢ"。如果是包饺子,也是母亲擀皮,调好馅儿,大家一起包。像家庭手工业,一个人做不来,必须一起分担。

在家里用餐，一家人分担，笑笑闹闹，也是一种亲子关系。

麻什的汤底是用肉丝、西红柿、金针菇、蛋皮丝、红萝卜丝、青豆、冬菇、黑木耳、白菜丝熬成（有时也切成丁）。没有昂贵食材，却很浓郁。这汤底，是我今天的叫法，母亲的家乡话叫"臊子"。

母亲大概战乱一处一处跑，学各地料理，光是面食就有很多变化。有一种"旗花面"，是擀好面片后，用刀切成小块菱形。我喜欢看母亲用大刀切面皮，叠好的面皮，一层一层，大刀斜切纵切，一散开来，全是一片片整齐菱形，指头大小，好像雕花也像剪纸。现在剪纸是艺术，以前家庭主妇一把剪刀，剪出千百种花样。手工精巧，切出面花，或做出剪纸，道理相同。

后来在陕北，看到窑洞里老大娘，一把剪刀，一沓厚纸，铰出千百种花样。一到新年，家家窗户上都贴出美丽窗花，窗花都比LV设计还美。没有艺术家，每一个女性都是剪纸职人，从少女剪到嫁人，做了母亲，剪纸技术就用来料理一家人的面食。母亲的手，其实是传承了这样的手工记忆，上千年民间妇女的手工记忆。

她用这样的手工料理一家八口的三餐，没有让我们觉得不去餐厅是遗憾。相反的，我庆幸自己二十五岁以前，餐餐都吃母亲的料理，包括带到学校的便当，打开来，同学都凑过来要交换吃。

没有很豪华的厨房，没有精致名牌的厨具，锅碗瓢盆，都朴实无华。粗陶瓦缶，大铁锅铁勺，木竹筷子，乌心石砧板，木制长短擀面棍。最简单平凡的金、木、水、火、土，却料理出我记忆中最丰盛华美的滋味，甜、酸、咸、辣、苦，我一样一样学习品尝，是母亲亲手料理出的菜肴滋味，也是母亲细心带着我品尝的人生滋味。

有时候会回忆，为什么母亲的料理让我怀念？厨房这么简陋，食材多半不昂贵，母亲的料理，很少碰稀有的山珍海味。

回忆起来，母亲的料理中不曾有过鱼翅、鲍鱼、龙虾这些名贵食材。

家里豢养了不少鸡、鸭、鹅,但是,也都用来下蛋,我们每天有蛋吃。不是逢年过节,平日很少看到荤食。我说的荤食是全鸡、全鸭和大块猪肉。蹄髈、鸡鸭,那是过年除夕晚上的大菜。除夕前几天清晨就被杀猪惨叫吵醒,有点恐怖,也有点兴奋。自己家的鸡鸭自己杀,父亲动手,先拔去喉头的毛,煮热水,准备烫过后拔毛。我们围观,父亲说手要放背后。好像是觉得有杀业,表示孩子没动手,业障不上身。

节庆过年,吃平日吃不到的菜,所以特别欢欣快乐,有庆祝的意义。全鸡全鸭全鱼,先祭拜了祖先,谢天谢地,最后由家人享用,觉得是永世不忘的福分。

福分太多,福分太贪,就觉得糟蹋。"糟蹋"的意思是好东西不珍惜,所以,直到今天,偶然吃牛排、佛跳墙、鱼翅、龙虾,我还是欣喜雀跃。熊掌、猩唇,没碰过,每次动物园看到猩猩厚唇翻卷,也确实会动念试一下那样的灵活弹性,是真正的"名嘴"。

看到一盅佛跳墙,还是会惊叫:"哇,满满都是鸡胇（睾丸）！"但是，满满一盅"睾丸"，连着吃三天，一定不舒服。"睾丸"还是两颗就好。吃多了，还是恶心。不只是肠胃不舒服，也确实觉得对好东西抱歉，总是愧疚"糟蹋"了福分。

这是父母亲给我的教育，或者说，那一个时代给我的教育。未必一定是伟大真理，但是让我知福惜福，不随便糟蹋东西。

下一代富有了，每天酒足饭饱，开老爸的兰博基尼，上街横冲直撞，撞到人，逃之夭夭。好像是时代风尚，怎么办？

一代有一代的习惯。我的习惯不能改了，下一代的习惯也不会改，各自惜福，只祈祷"福分"不会糟蹋到精光，岛屿还是有福的岛屿。

缓慢生活

母亲的菜为什么好吃？为什么让我念念不忘？

有时候想不通，以为是自己的偏执。

有时候忽然好像想通了，因为母亲生活在一个有许多时间的时代。

有很多时间，慢慢生活，燃着纸，燃着木屑，慢慢从炉门吹气。火旺了，才加上大枝的柴木，柴木火上来了，再加上煤炭。

现代瓦斯炉一打开就有火，大火、小火、中火，随意调。真是方便，但是太方便就很难慢下来，一切都越来越快。

人类不会再回到用柴木燃火的时代，因此，我们也找不回缓慢、等待、耐心，对着炉门吹气，看到空隙里火苗攒动的经验。印度古老的经文里曾经比喻火苗越分越多，无穷尽分下去，火苗本身没有减少。

许多哲学是在长时间看着火的思维记忆里产生，我当然希望打开就有火的瓦斯炉，一切都快速方便的时代，也一定会产生属于它的哲学或信仰吧。

爱是可以一直分下去的，越分越多。美，也如此，可以越分享越多，不会减少。我想，福分也是如此，越分享越多。福分用尽，大多是霸占着，不与众生分享，不知不觉，自己连原有的福分也消耗殆尽。

母亲的时间很多，她的手可以在缓慢的时间里做很多事。

疫情防控期间，断绝很多活动，多出很多时间。多出的时间，整天读书、抄经、画画，刚开始开心，真好，有这么多时间画画、看书。久了，也还是觉得少了什么。

好像整天画画、读书这样的福气，也还是要适可而止。每天美术馆、音乐会，确实有福，但是也像吃大餐，还是适可而止就好。

回不到平凡生活，连艺术也会装腔作势起来。所以就把不去美术馆的时间，用来细细看自己买回来的菜。疫情让我慢了下来，用每天看美术馆、听音乐会的时间，回来好好生活。

买回菜来，像母亲当年，把菜一一摆在桌上。那时候一家八口，菜很多。现在常常一个人两个人吃，希望菜的种类多一点，每种菜也就有两把。

一把小芥菜，一颗白花椰菜，一颗奶油南瓜，一把我爱的芫荽，一颗西红柿，几条秋葵。柠檬可以调蜂蜜加紫苏叶、薄荷做饮料，一颗西红柿，在想要拿来做什么。当季的柿子，只有日本和歌山柿子三分之一大，又小又便宜，新埔产的，毫不起眼。但是，当地当季，我很珍惜，饭后尝一点，配清茶，恰到好处。

调养我身体的中医师，跟我说："要吃食物原形。"

"原形？"我不十分了解。

"当地当季，不过度料理。"

懂了，这样好的水土，这样好的四季，雨露风霜，美丽温和的阳光，天地的福分都在眼前这些蔬食身上。

料理"恰到好处"就好，不要过度了，不要伤了天地福分。

"恰到好处"，就减少"糟蹋"的愧疚。

这样的时间，缓慢悠长，可以和自己在一起，也不糟蹋时间。

时间很多,所以不太依赖复杂的厨具设备,手,就是最好的设备。

以前常听长辈说,讲究人家的菜是不用刀切的。

刀切,有铁味儿,刀切,也很难像手择得那么细致。

现代人很少有择菜的经验了,应该回忆一下母亲择菜、掐菜,她的动作,手指拿捏,我都记得,因为我就坐在旁边。

她一面择菜掐菜,一面和我娓娓道来的故事,《白蛇传》《封神演义》《杨家将》,我都记得清楚,那是我最早的文学养分。母亲却不说"文学",她说的是:做菜里也处处是做人的本分。

择菜与掐菜

我很怀念童年和母亲相处的时间,听她说故事,看她洗菜、择菜、掐菜,很长时间整理一把青菜,因为需要很长的时间,她就把故事说得很慢。

流 离

大概是一九五一年年初，母亲只身带着孩子，辗转从马祖来到台湾。来台湾后才为羁留军职的父亲申办了入台证件。父亲到台湾就申请从军职退休，转任到粮食局公职。

父母那一代，一直在战乱中，颠沛流离，从国与国之间的战争，到党与党之间的战争，他们都遇到了。

他们有他们的无可奈何，从青年到中年，结婚、生子，努力不让家庭被战乱摧毁，他们有他们曾经有过的信仰和幻灭吗？

我不曾问过他们，那样荒谬的时代，那样荒谬的人生，屠杀，逃亡，凌虐……看到战争里存活的悲哀，每一个人用那样卑微无奈的方式活着。遍地支离破碎的身体，到处支离破碎的家庭，他们还相信有活下去的意义吗？

或者，他们辛苦到连思考"活下去"的时间都没有，生活逼迫着，没有时间喘息，没有一点"意义"可言。这么荒谬，然而，只有继续活下去。

母亲不太谈生死，只有一次，单独和我在一起，忽然说起那次基隆上岸，带着五个孩子，住宿在旅馆——她说："当天晚上，如果没有孩子，也许就从楼上跳下去了。"

她说的时候，没有一点感伤，只是在说一件事实，好像是说另外一个人的现实。说完，她就去择菜了，我坐在一旁帮忙择。

青菜有市场买的，也有院子里当季的收成。院子里种的，有母亲最爱的辣椒，有丝瓜、空心菜、韭菜、西红柿、扁豆、丝瓜，还有意外自己长出来的宝钏菜。

整理青菜，常常是一个早上的时光。那是我和母亲非常私密的时刻，择着菜，掐着菜，她跟我说着她喜欢的故事。

空 心 菜

我好像说过这个故事了，但是，记忆这么深，还想再说一次。

她择着空心菜，空心菜的老菜管，择下来，用辣椒快炒，加醋，油绿绿的，口里留着酸辣味，口感很脆。

空心菜的嫩叶，洗净后，用大蒜或南乳炒，成为另外一道菜，很香。

母亲或许怕我烦，耐不住择菜的单调无聊，她总用说故事让我留在身边。

她说："'空心菜'是一个法术的咒语。"

一开头她就让我想听下去，后来看《哈利·波特》

也有这种感觉。

然后她说妲己如何靠美色蛊惑君王,君王无道暴虐,嫌比干啰嗦,总是讲不好听的话。听信了妲己谗言,君王杀了忠臣比干,还挖掉比干的心脏。

比干有法术,穿起衣服,骑马出城,若无其事。

妲己要破比干法术,就幻化成老太婆,在城门口卖菜。比干问:"卖什么菜?"老太婆说:"空心菜!"比干法术就破了,从马上摔下死了。

我一定说了很多次,因为总忘不掉。我开始荒废学业,想拜师学法术是我青少年的梦想之一。

她说完故事,桌上大把菜也择好了。一边菜管,一边嫩叶,整齐干净。

我到今天吃空心菜,都能想到母亲说的这段故事。

她口才好,比我说的好听。

这故事是《封神榜》里的一段,她爱看演义小说,也爱看戏。她的故事多来自民间这些荒诞不经的传说,没有什么逻辑,但是那荒诞,仿佛透露着她在战争政治里，看透彻了人性可以多么残酷，斗争可以多么没有道理。挖了心脏，没死，因为"空心菜"，死了。

我最早喜欢文学，少年时读《简·爱》《呼啸山庄》《傲慢与偏见》，多是英国古堡里养尊处优的绅士淑女，很浪漫，也唯美。从演义小说的"法术"神怪的向往，到了另一个境界，"文青"的境界吧，与母亲说的故事不同了。

中学时，在学校编校刊，参加诗社，典型"文青"。同学间，"文青"写信，文绉绉，常被母亲看到，她大笑，用了一句奇怪评语，"秀才趴在驴屁股上，连品带闻"。

我听了很生气，觉得"文青"被亵渎。她吐吐舌头，知道"文青"生气了，端着她的空心菜跑了。

"文青"很爱生气，我读《少年维特的烦恼》，她拿起来看，一脸不解，"少年如何可以'维持'烦恼"，把"维特"念成"维持"，"文青"又气了一次。

读演义小说，是不是比较不生气，比干挖心，妲己卖菜，都像是无动于衷，像母亲说着基隆上岸的那一个夜晚。

应该解释一下，母亲经历战乱。她十六岁，还是师范生的时候，战争爆发，学校停课，学生都编组参加战争，男生上前线，女生学简单护理，就去抬伤兵。

伤兵多是十七八岁青年，也有的更小。受了伤，退下来，学校操场改成临时医院。

"鬼哭狼嚎"，母亲形容那临时野战医院的场面。

但是，太抽象了。她讲给十六岁的我听，战后出生，在平安岁月长大，我不能理解"鬼哭狼嚎"的真正意义。

《少年维特的烦恼》，讲的不是这些事。

偶尔她也说得具体一点，像是担架上的伤兵，肚子炸破了，担架上都是肠子，她要用手把肠子都塞进肚子去。

她十六岁，没有看"少年维特"，她做的事，接近"封神演义"了。

以后她每次在盆子里用面粉和盐洗猪肠，肠子滑来滑去，我都想到她说的担架上的伤兵。

伤兵十七岁，糊里糊涂就上了战场，糊里糊涂就炸破肚皮。伤兵央求母亲写家信。他念："母亲大人，我很好，吃得饱，穿得暖，没有战争……"

母亲催他说"地址"，没有声音，人已经死了。

母亲洗猪肠的时候，仿佛遗憾，没有地址，那是封寄不出去的信。

那是母亲十六岁的故事，和我的十六岁，如此不一样。

我相信将要十六岁的一代，一定也会和我的十六岁不一样，会是什么样的十六岁呢？

母亲喜欢吃苦瓜，够苦的苦瓜，小小的，深绿，外皮一棱一棱的刺，她就留下种子，试着在院子种。

刨去了瓤，挖去籽，苦瓜加上黑臭豆豉，加上她自己栽培的朝天椒，黑红绿，用热油爆炒，苦、咸、辣、臭，一屋子气味，几天不散。

我总觉得那道菜里有"比干剖心"的痛与残酷，又臭又苦的人生。

我认为她嗜苦嗜臭，简直"怪癖"。她的解释有趣，她说："癖"就是有病。

后来读到晚明人一句话："人不可无癖，无癖则无情。"

果然，战后安逸一代，酸甜苦辣咸臭，只选择吃甜，母亲一吃苦瓜臭豆豉，我转身就走。

我说了无情的话："那是你们那一代的事，我这一代，不要吃苦，不要吃臭。"

我童年爱把白糖和猪油拌在稀饭里吃，甜蜜蜜，油滋滋，真是幸福。

十三岁，身体发育，从嗜甜食，转变到爱酸。酸柠檬汁，在两颊留着记忆，很"文青"的无端忧愁。

少年时代，讨厌苦，讨厌辣，讨厌臭，就像讨厌杜甫，不知道他为什么写"麻鞋见天子，衣袖露两肘"，不知道他为什么老爱说"儿女牵衣啼"。

杜甫经历死亡三千五百万人的安史之乱，他是挤在难民逃亡中的幸存者。他的"三吏""三别",讲官吏抓壮丁,一家三个男丁都抓了,前线战死,最后来抓老翁。

我中年以后知道要向杜甫道歉,也应该向母亲的时代道歉。

也许,应该向生命道歉,写《母亲的料理时代》的时候,我想"五味杂陈"是不够的。除了童年的甜,少年的酸,生命里是否包容苦,包容辛,包容臭?包容辣的叛逆,包容血汗的咸?

在一生吃甜太多的安逸里,我是不是应该重新敬重"辛"与"酸","咸"与"苦","臭"与"烂"。那一道苦臭的菜,母亲爱吃的,现在竟然像是我非常私密的赎罪。

不只是择,还有掐

应该解释一下,为什么一整天都在择菜。

其实不只是择,还有掐。

"掐"是用指甲试菜梗的软硬，从根部掐上去，指甲觉得嫩，就停止掐。

我觉得这是触觉的考验，母亲说故事时，眼睛没有看，纯凭指甲的感觉，把一堆青菜整理好。

现代人忙，没有人择菜掐菜，餐厅里多是用刀切，切掉大段，剩下嫩叶来用。

最近在东部看到两家餐厅用手工掐菜，一个是富冈渔港的特选餐厅，一个是池上的吉本肉圆。店家端上来一碟烫青菜，上面浇了肉臊。跟我说："今天油菜刚择出来——"

池上在秋收前后，田里满满长起油菜。油菜花有漂亮的明黄色，很耀眼。我住在龙仔尾，邻居常把油菜放在门口。当季的油菜，清甜香嫩，清油素炒，一点点盐，是秋天最好的滋味。

但是油菜不耐放，台北办油菜花节，早上摘的菜，下午送到台北，已经老了。台北人说"好吃"，农民一脸抱歉。

青菜都不耐放，只有在偏乡，可以吃到鲜嫩现摘青菜，是莫大的福气。

富冈特选餐厅，原来是做野菜起家，现在客人多点海鲜，但特选的野菜难得。有灰藿、龙葵、水菜、枸杞叶、龙须菜、山苏、过猫，还有母亲最爱吃的宝钏菜（猪母奶）。

野菜满山遍野都是，但都要花时间手摘。野菜中杂草多，也要花时间慢慢挑。

龙葵，民间叫黑甜菜，又苦又甜，很贴近庶民的生活。餐厅里不容易看到龙葵，择的过程麻烦，要细心用指甲掐，把老梗都掐掉才好吃。给都市人一堆龙葵，大概都不知如何整理。

龙葵苦，芥菜也苦，深秋入冬，好吃的青菜，多带苦。羽衣甘蓝也带苦，苦里回甘，像最好的茶，只沉溺甜食，就错过了这滋味。甜的味觉在舌尖，苦味在喉咙口，也许是生命中年后才懂的味觉吧……

在特选餐厅，也吃到极好的水菜。水菜，也叫西洋菜，在法国叫cresson，到乡下泉水边摘，只摘嫩芽，拌在色拉里，也带点苦，极好。水不清，长不出这种菜，自然是好东西。香港同学用广东煲汤做法，选水菜的根茎老叶，跟排骨熬汤，菜熬得稀烂，汤头却香。

因此，青菜有不同吃法。吉本肉圆把油菜梗一一手剥，撕去外皮，素炒菜心。

特选餐厅也用手撕去苋菜老梗，吃里面青嫩菜心。

菜心好吃，但要用手撕去外皮。

我在绍兴吃过"三霉""三臭"，其中有"霉苋菜秆"，用粗老的苋菜秆腌渍发霉，一股地老天荒的臭。老苋菜秆和青嫩苋菜完全不同。地方文化，从食物入手，看到个性，很难比较好坏，一个地方有一个地方存活的方式吧……

绍兴料理"三霉""三臭"，总让我想到鲁迅《药》里蘸人血馒头治肺结核，要刚砍的人头，刚喷出的热血，才有效。

特选餐厅，吉本肉圆，偏乡小店，不那么只为盈利，还会择菜掐菜，都是手工，都会人忙碌，很难懂这种手工的讲究。而母亲的青菜都是这样择出来的。

我和母亲许多相处的时间都在择菜掐菜过程中，也听她说了许多荒谬好听的故事。

记得择四季豆，掐掉两头，顺着边，撕下豆荚边的硬丝。芹菜要从下往上掐，掰断，顺势撕去老的筋。豆苗、龙须菜都要两头掰，下端的老梗要掐去，上端攀藤的硬须也要掐掉。

这样的手工，才有精致料理。我们现在少的，往往不是珍贵食材，而是手工的耐心细心。手机的时代，一头栽进自己虚拟的世界，讲究的手工，已是天方夜谭。

女　身

父亲转任公职后，在粮食局做督导，常常下乡查粮米销售。我们家分配到一户宿舍，紧靠在四十四坎背后。早上去大龙小学上课，我都穿过保安宫，从庙宇后殿的神农殿开始，一一浏览。庙宇的雕花极细致，剪黏和浮雕壁塑都好。最喜欢屋檐下交趾陶烧的彩色人偶，一个一个历史演义故事，母亲常常说给我听。

我和小学同学，用番石榴树的杈丫制作弹弓。每天上学经过保安宫，比赛打屋檐下的陶偶，今天打吕布，隔天打貂蝉。陶偶头从高高屋檐下坠落。

屋檐高，陶偶小，不容易瞄准。打中一个，大家争抢说"我打到的"。这些年讲古迹保护，同学会谈往事，讲起弹弓打交趾陶偶，每个人都说："我都没打到——"

历史大抵如此，此一时，彼一时，都叫作"正义"。

保安宫正殿两侧和后方墙壁壁画，有"木兰从军"，有徐庶母亲用砚台打曹操，有吕布貂蝉，有过五关斩六将，都是保安宫野台戏的故事。很有趣，也都是母亲熟悉的，她和我独处的时间，就一一说给我听。

保安宫的壁画是潘丽水画的，现在极为珍贵。小时候我们就坐在廊下，玩弹珠，看潘丽水和徒弟画画。

母亲在战乱里，一路看了很多戏，从西北的秦腔，到河南梆子的豫剧，一直看到南方的评弹说书，到了台湾,又正好有机会看保安宫的野台戏。这些民间戏剧是她一路逃避战乱最大的安慰力量吧。

她年少时就爱看演义小说,对民间流传久远的故事耳熟能详。她自己融会贯通,把《白蛇传》《封神榜》《三国演义》《七侠五义》乃至于《杨家将》《聊斋》的许多片段,编成口说版本,闲来无事,晚饭后,坐在门口乘凉,她就说给邻居听。附近邻居小孩都爱听,她也很有成就感。夏天乘凉,都在饭后说一段。而且见好就收,"且听下回分解"。

文学戏剧原是茶余饭后消遣,不会正经八百当正事。对于"少年维'持'烦恼",她有偏见,我不辩驳。

但是,我很怀念童年和母亲相处的时间,听她说故事,看她洗菜、择菜、掐菜,很长时间整理一把青菜。因为需要很长的时间,她就把故事说得很慢。《白蛇传》从白蛇立下志愿修行,每天对着日升月升吐纳,有了天地精华,一寸一寸脱胎换骨,一次一次蜕去蛇皮,五百年,从一条蛇,变成美丽的女人白素贞。

"可惜,再修行五百年,她就可以修行成男身。但是,她等不及了……"这是母亲的批注。

我们幼稚的时候,不太能理解为什么"等不及了"。

母亲仿佛替白素贞遗憾,也仿佛替自己遗憾,"再熬五百年,就可以修行成男身"。

我和母亲一起择菜掐菜,听她说到"白素贞",仿佛她一切的委屈都是因为她只修行成了"女身"。

"母亲也觉得她一切的委屈都是因为她是女身吗?"我偷偷这样想。

"如果是男子,她会想过不一样的生活吗?"我在大把大把的青菜里,看着母亲特别安静的脸,她,是否也有委屈呢?

小菜演义

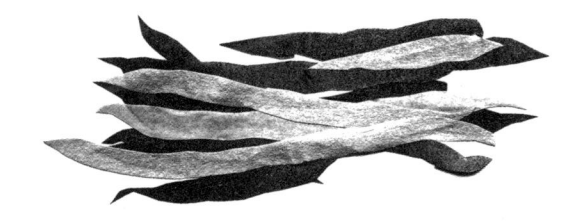

母亲掐菜的时候喜欢跟我说故事。

如果择『宝钏菜』,她就说一遍《武家坡》,

『她就靠吃这野菜活下来……』

母亲的菜常常跟她相信的故事有关,重复听到母亲的话,也像一部演义。

皮蛋豆腐

我喜欢看母亲在窗边迎着日光切皮蛋。

切皮蛋不用刀,皮蛋溏心,容易黏在刀上,不好洗,也破坏了皮蛋漂亮的造型。

母亲切皮蛋用线。一根细丝线,一端用牙齿咬着,另一头左手大拇指和食指拉着,线绷紧了,像一张弓的弦;右手托着剥好壳的皮蛋,在绷紧的丝线上一划,转一面,再一划,柔软浑圆皮蛋就轻易分成四份。

日光透过皮蛋,透明如琥珀,衬着内瓤的松绿,很像一枚有年岁沁纹的斑斓古玉。

后来有机会到圣彼得堡,看到穷奢极侈的皇宫,整座宫殿用琥珀装饰。那座著名的琥珀宫,让我想到母亲掌中托着的那颗晶莹透亮的皮蛋。

"奢侈"前面加了"穷""极"二字,原来的好,就反转成"穷极无聊"。

对掌上一颗皮蛋珍惜慎重,就是福气。福气毫不珍惜,贴了满满一座宫殿,也就糟蹋了福气。

平日玩玩易卦,常常觉得也就是皮蛋与琥珀的道理,很简单,但不容易做到。

母亲切完皮蛋,把丝线洗干净,晾在窗边把手上。红的、绿的丝线,迎着日光,很美,下次切皮蛋还可以用。

皮蛋有时拌豆腐,是夏天常常有的小菜。拌一点盐,一点麻油,撒上细葱花,很清爽简单。

传统的皮蛋外面包敷混了谷糠的土,要先把外壳的土块剥掉。现在的皮蛋做法改变,没有土了,我也很久没吃这道小菜。

我总记得这些日常的简单小菜,觉得自己是不是害

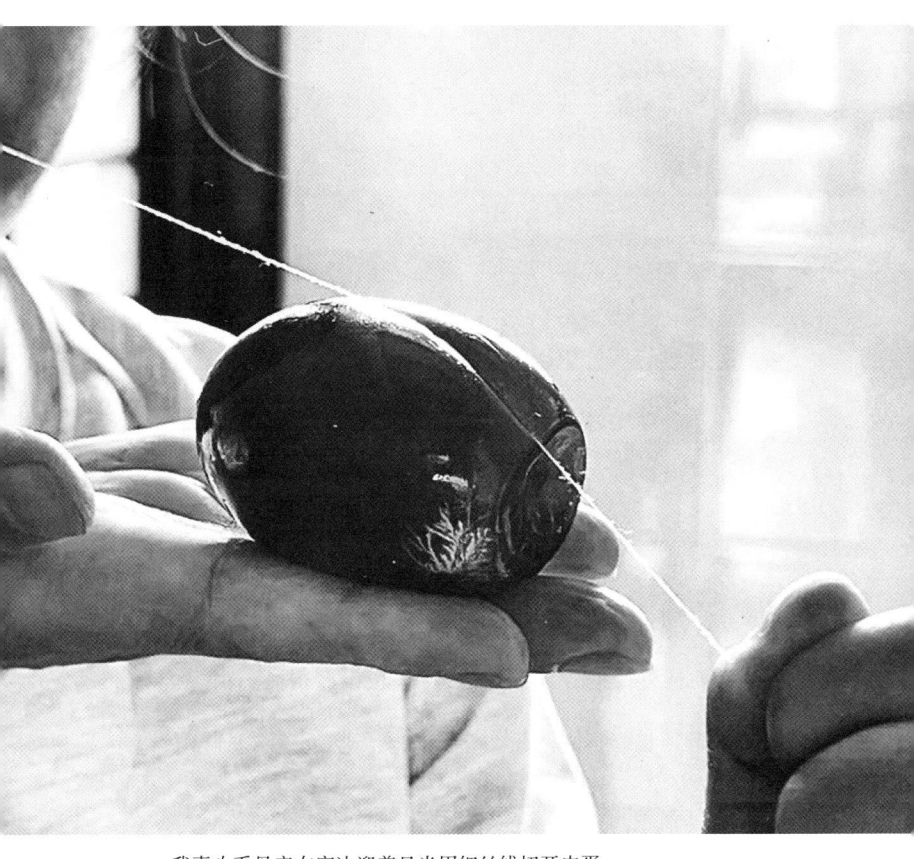

我喜欢看母亲在窗边迎着日光用细丝线切开皮蛋。

怕"穷奢极侈"，糟蹋了父母从小给我的福气，对生活里的平凡简单特别敬重珍惜。

台 风 菜

有时候忽然会想起大龙峒有一年淹大水，我不记得是哪一年，弟弟妹妹都记得，说是"一九六三年，葛乐礼台风"。

我查了一下，果然是，不只大龙峒，整个大同区、三重、芦洲、板桥，都陷在大水里三天三夜。

那时候还没有今天的环河道路，也没有很高的河堤。我常常走到觉修宫附近玩，走到社子岛附近，看基隆河和淡水河交汇的浩荡宽阔、大浪澎湃。台风豪雨的时候，当然河面更是壮观。

葛乐礼台风，我还在读初中，九月初，九日到十一日，忽然豪雨倾盆而下。

母亲记得黄河发大水的经验，有点担心。但是左邻右舍同安人的老住户都说"没问题","好几代住大龙峒,没有淹水,"他们笃定地说,"淹水怎么会淹到'龙峒'?"

但是眼看着家里水漫过脚踝,大家慌了,合力把电扇、音响、收音机都往桌上堆,再一会儿,水就淹到小腿肚了。

邻居们开始疏散,当时都还是平房,只有斜对门一家黄姓人家,经营铁工厂,新盖了四层楼房。大家就开始往这栋高楼疏散。

水淹过腰了,父亲先把弟弟妹妹送到黄家,再回来接我。母亲把棉被枕头都叠罗汉一样堆放在高桌上,还是不想离开家。不多久,大水汹涌,连桌子都有点不稳。

我记得母亲后来是消防队派浮筏载出来的,她手里还端了一锅"台风菜"。

台风停电,风雨大,常会影响食物供应,因此家家户户都会先准备食物。母亲会蒸包子、馒头,也分送邻居。她那天手上端的是一锅咸鱼卤肉。

黄家的楼顶挤满来避水灾的邻居,他们是铁工厂,搬出大锅，煮了一大锅咸粥。那是我们少年时台风大水灾的记忆，儿童玩成一堆，又打又闹，好像露营，没有大人们损失财物的烦恼。

损失当然很大，我看到的报道，那三天房屋倒塌了一万三千多间，死亡人数也有两三百。

我们趁水退回家，父亲率领一家大小在荡漾的水潮里清洗污泥，长蛇、鱼、蛙，在水里乱窜。

电器用品都泡水，很长一段时间，修理电器的小店门口排着长长一列收音机、电唱机、电饭锅、电扇，等待修理。

衣服、被子都泡水染色，许多人就熬煮染料，全部染成黑色。好一阵子，街上的人都穿黑色衣服。

记得水退之时，上游漂来了冬瓜。邻居有神勇少年，穿美援面粉袋内裤，屁股上有"青天白日旗"和美国国旗，他看到冬瓜在水中漂浮，一头就钻进水里，双脚一夹，单手泅泳，就带回一个硕大冬瓜。

大家鼓掌叫好，他来劲儿了，又看到远远有瓜漂来，纵身再入洪流。

浊流滚滚,水里什么都有,其实不容易分辨。有时他也会看错,双脚一夹,泅泳上岸,才发现夹的是一只死猪,肚皮涨大,翻转漂浮,远看确是像大号冬瓜。

母亲用咸鱼干炖煮五花肉,许多葱蒜姜,去寒湿,也耐放。那个风雨交加的夜晚,挤在一堆闲聊的邻居都赞美那一道"台风菜"。

韭 菜

小时候喜欢和母亲逛菜市场,买回来大把大把青菜,一样一样放在桌上用手择。母亲坐一边,我坐一边。我学她择菜,"四季豆要择两头,顺手撕下两边的老硬的筋。"她一一教我,"韭菜要用指甲掐,根部老的掐掉,再剥掉薄膜。"

家里院子有种韭菜,细细长长的叶子,在春天有风的季节,母亲要我拿一把剪刀剪韭菜。剪一把,风里就都是韭菜的辛香。

"辛"是带一点刺激的香,和"辣"不同。佛教忌"五辛",葱、蒜、韭菜,都属"五辛"。"辛"是刺青用的针,点点细细的刺激,不到"痛",仿佛是一种苏醒,触觉、味觉、嗅觉上的醒觉。

我常迷恋"辛",印度旅行,空气里有"辛"的诱惑,泰国、印度尼西亚也有"辛"。南方的"辛"和北方韩国、日本的"辛"也不同。南方的"辛"缠绵,北方的"辛"刚烈。庶民常说的"辛苦""辛辣""辛酸"都是很深的味觉体会。

我特别喜欢韭菜的"辛",可能记忆里一直有剪韭菜的气味,后来读到杜甫诗里"夜雨剪春韭"的句子,觉得是难忘的画面。

多年后,在法国乡下牧场,闻到这种辛香,我大叫:"韭菜!"同行的朋友都不相信,我在草丛里找,果然找到细细的韭菜嫩芽。给法国人看,说是échalote,用作香料,échalote,其实是红葱头。我们摘的,不是红葱头,确实是韭菜(也有韭菜译为ciboulette)。我们摘了一大把,回家剁肉馅,摊蛋皮,包饺子。

一直到现在,昂贵饺子也吃过,还是怀念韭菜馅料,平实无奇,却无可取代。气味也许是最深处的乡愁,这么准确,会跟你一辈子,跟到天涯海角。

母亲包饺子、包子、韭菜合子,都要把韭菜切成末,我就喜欢在旁边闻那辛香的气味。

韭菜好像是民间家常料理常用的食材,炒肉丝、炒鱿鱼、小卷都好。我也爱吃韭菜爆炒的苍蝇头。有豆豉的黑,加上热油爆炒的韭菜末和红辣椒、蒜头丁,红红绿绿、黑黑白白,真像一群绿头苍蝇。这是小菜,配饭极好,现代都会人多不食饭,许多配饭的精致料理也跟着没落了。米其林三星料理放一撮苍蝇头,好像也不相衬。

看起来不优雅的小菜,好吃的很多。现代人的摆盘多是视觉,拍完照,接下来既无味觉也无嗅觉。

新冠疫情确诊的朋友告诉我失去味觉、嗅觉好痛苦,我就想到咸辣臭辛的苍蝇头。

这是小菜，不能当主食。

《红楼梦》里很多都是小菜，"胭脂鹅脯"是染成胭脂色的鹅胸肉，两三片，配着绿粳米粥吃，不可能多。有一次朋友请吃"红楼宴"，端出一整只红通通的全鹅，比感恩节火鸡还大，吓死人。

"胭脂鹅脯"有许多争议，但是看一看《红楼梦》第六十二回，用的是"一碟腌的胭脂鹅脯"，用"碟"盛装，当然是小菜。

连"茄鲞"我都觉得是小菜，煨了鸡汤的茄子，晒干了，存在瓮里，吃的时候拿出一小碟，也才精致。

《红楼梦》第六十三回，丫头们给宝玉偷偷过生日，大观园私厨准备了吃食。读一下这一段："四十个碟子，皆是一色白粉定窑的，不过只有小茶碟大，里面不过是山南海北，中原外国，或干或鲜，或水或陆，天下所有的酒馔果菜。"这样四十碟下酒小菜，那是我最想知道内容的菜单，可惜作者一字不提。

《武家坡》与"盗仙草"

"芹菜、豆苗都要两头掐,芹菜粗的纤维要掐掉,豆苗前端的卷须太硬,也要掐掉。"

我每次见到这些菜,就会重复听到母亲的话,也像一部演义。

"掐"这个字现代人多不用了。我是跟母亲掐菜,学会用指甲试探菜的老嫩,掐菜,也是懂自己手轻重的分寸。

母亲掐菜的时候喜欢跟我说故事。如果择"宝钏菜",她就说一遍《武家坡》,丞相三千金嫁了薛平贵,平贵去了西凉,王宝钏苦守寒窑十八年,等丈夫回来。"她就靠吃这野菜活下来……"母亲的菜常常跟她相信的故事有关,掐菜,我顺便就听了很多故事。

偶然看到世界某处没有燃煤、天然气,冬天冻死多少人;或者森林大火,烧掉好几个台北那么大的雨林;

或者气候变迁，旱涝灾难陆续在各地出现，警觉到水火无情，警觉到林木破坏，土地流失，经济崩坏。木火土金水，失去了秩序，五行失衡。然而身边的人多半无感，只好照常享用一切水火木土金的便利，很阿Q地告诉自己，下一代自有下一代的福气，不必过度担心。

母亲的料理，没有先进的设备，传统炉灶，柴火木炭，大铁锅，所有我今天有的先进厨具，她一样都没有，但是她的料理让我怀念。我仔细想想，她最优势的是她有许多时间，她用很多时间小火煎一条鱼，煎一板豆腐。豆腐小火煎得金黄，外酥内嫩，用来烩红头小菠菜，取个名字叫"金镶白玉板，红嘴绿鹦哥"。听说乾隆也爱吃这道菜，青菜豆腐，也有慎重其事的尊贵。

她在吃面条的时候总会再说一次《白蛇传》里的"盗仙草"。

可怜白蛇，爱上一个软塌塌帅哥，为了爱，无怨无悔，受尽一生痛苦侮辱折磨。也许，她真的应该"再修五百年，修成男身"。

"盗仙草"，故事本事：端午节，拗不过许仙劝酒，白蛇喝了雄黄酒，落入法海计谋，现了原形。一条大蛇盘在床上，许仙惊吓而死。

白蛇因此上天界盗取仙草，要让心爱的人起死回生。

母亲一面擀面条，一面说起看守仙草的仙鹤童子，"哈哈哈，好一顿面条大餐——"，"仙鹤是要吃蛇的啊……"她慢条斯理说着，我急死了，"可怜的白蛇……"

《白蛇传》这一段真让人想哭，母亲学仙鹤"呱呱"大叫，她说的时候，毫无怜悯，"仙鹤看到白蛇，开心极了，说：好一顿面条大餐啊……"

母亲的童话一点也不温柔，血腥、残忍、诡计都有。她面条要下锅了，我还是追着问："仙鹤吃了白蛇？"

她当然不说了，嘱咐我准备筷子，"吃面条了……"

生活本质是平淡

五行，是木火土金水的相生与相克，没有绝对的好，没有绝对的坏。"好"和"坏"都是主观,"五行"是要学会在万物中看待平衡的因果牵连。

一直没有多谈"九宫",当时和"中央书局"主厨一起规划"五行九宫蔬食",我想"五行"最好不偏废,金木水火土,各自有各自存在的特质。它们相生相克,牵制平衡,秩序运行,才是天长地久。如同"风调雨顺",多了就淹水,少了就旱,偏激、极端,都是灾难。

应该谈一谈"九宫"了。如果是在味觉系统排列九种不同滋味,不只是习惯的五味——甜、酸、咸、辣、苦,还应该找回慢慢淡忘的"辛","辛"和"辣"不同在哪里?日本、韩国还常用到"辛",华人汉字的"辛"有嗅觉味觉的特殊意义吗?"九宫"里可以包容"臭"吗?许多民族长久传统的"臭",是味觉,也是嗅觉,欧洲的奶酪,东方的臭豆腐、臭蛋,南洋的臭鱼,"臭"有时竟是难忘的美味。

"甘"像是甜,又不完全是甜。"苦后回甘","甘"似乎比"甜"有更多回忆,余音袅袅。

"淡"应该在"九宫"摆在哪一个位置？在酸、甜、苦、辣、咸、辛、臭的重口味之后，在"甘"的回味之后，为什么东方的"淡"竟然成为被推崇的美学？宋人推崇"平淡"二字，回到生活本质，"淡"像经历过一切之后重新认识的平凡简单，是音乐里的"无声"，也是绘画里的"留白"。

"淡"这么静定，这么包容，这么不喧哗，一口清泉好茶，南禅寺的"汤豆腐"，永观堂钟声余韵。看断桥的残雪，弘一临走，信手纸上的四个字"悲欣交集"，"悲欣"至极，原来可以这么简淡。

弘一大师临终时写的四个字："悲欣交集"。"悲欣"至极，原来可以这么简淡。

韭花与水八仙

起初以为『八仙』是全素，其实是八种水生植物搭配不同材料组织的一整席的料理，也有荤，但不喧宾夺主，还是有蔬食的本分。

这张菜单我留着，很珍惜，珍惜那一个『八仙』到齐的秋天，珍惜江南上千年的庶民传统没有中断。

韭 花 帖

秋天适合旅行，暑热减缓，许多果实在秋天成熟，许多食物在秋天特别好。常常在秋天去香山，满满一山都是金黄熠耀的银杏叶子；或者，在和歌山，满山遍野的柿子，都让人开心。

秋深的蟹，秋深的梨，秋深的藕、栗子、白果、菱角，紫苏开花，一颗一颗柚子，都让我怀念。

春天都是植物的香，是花的气味，是嗅觉的季节。秋天各种食材都肥美，果实成熟，是味觉的季节。

五代时候，有人送杨凝式一把秋天的韭菜花，他写答谢信函,成为著名的《韭花帖》。

《韭花帖》排在行书第五。第一名是王羲之的《兰亭序》,真迹已经不在。第二名颜真卿《祭侄文稿》,在台北故宫博物院,悼念安史乱中遭杀害的侄子,血泪斑斑。

第三名苏轼的《寒食帖》是诗稿,"空庖煮寒菜,破灶烧湿苇",是寒食节吃冷菜的记忆。落魄贬谪文人的湿寒、空冷、荒凉全在笔墨中。

我特别喜欢第五名杨凝式的《韭花帖》,韭菜花又是从小母亲常用的食材。她有时候叫韭薹,韭菜秋天开花,入秋后,抽出花穗,花落结薹。韭花、韭薹,炒鱿鱼丝、肉丝,也炒蛋,炒豆干,都好吃。气味比春天的韭菜嫩叶浓重,和辣椒、豆豉爆炒,恰好是杨凝式《韭花帖》里说的"乃韭花逞味之始"。

我很惊讶这个绰号"杨疯子"的诗人用"逞味"形容韭菜花。"逞"是"逞强","逞"有一种不知天高地厚的"霸气"。"逞"是"任性",是一种生命力的"野"。诗人用字准确,"逞"的气味,正是韭花在秋天荡漾弥漫、无所顾忌的快乐。

秋天，总要爱韭菜花，爱看因为韭菜花写出的好字。

传统里的好文化，其实多是平常生活，不矫揉造作，就有品格。

昼寝乍兴，輖饥正甚，忽蒙简翰，猥赐盘飧。当一叶报秋之初，乃韭花逞味之始，助其肥羜，实谓珍羞。充腹之馀，铭肌载切，谨修状陈谢，伏惟鉴察，谨状。

七月十一日　凝式状

大白天睡觉，醒来肚子饿了。刚好收到一盘菜。

秋天，正是韭菜花好吃的时候。佐配羊肉，真是珍馐。

吃饱了，身心愉快，写信谢谢。

不太确定，送来的"盘飧"，是韭菜花，还是韭菜花酱搭配的羊肉？"助其肥羜"，很可能是指羊肉配韭菜花酱。

现代法国料理吃羊排也佐配薄荷酱，台东小餐馆是

韭花与水八仙　161

乃韭花逞味之始

我喜欢杨凝式《韭花帖》里说的"乃韭花逞味之始",诗人用字准确,"逞"的气味,正是韭花在秋天荡漾弥漫、无所顾忌的快乐。

用韭菜酱搭配葱油饼,都好。杨凝式说"助其肥羜","肥羜"是要韭花酱的辛香佐助,才能提味。

《韭花帖》有百姓日常生活的快乐,经历乱世,五朝元老,看一个一个政权更替,朝代兴亡,杨疯子还保有庶民的平实天真。

他被盛赞为书法由唐入宋的关键,没有正襟危坐的虚张声势,没有文人的自恋自怜,写日常生活小事,可以这样平淡天真。

水 八 仙

看《韭花帖》,想起秋天在上海吃到的一席"水八仙"。

因为疫情,三年没有去上海了。

以前每年都去上海,尤其在秋天。秋风飒飒,新华路上的梧桐开始落叶,喜欢踩着落叶一路走下去,觉得真的是秋天了。

上海很大,可以游玩闲逛的地方很多。我每次去都不会忘了两个地方：一个是位于陆家嘴繁华地带的震旦美术馆；一个就是在老巷弄旧洋楼的一家私厨，小金处。

震旦美术馆有一尊青州北齐时代的佛像，静穆安详，好像看过一千五百年的沧桑，眉眼间都是悲悯，嘴角微微浅笑，一切如梦幻泡影，所以心无挂碍。

小金处是私厨，没有招牌，没有任何餐厅标志。走到巷弄口，竹影扶疏，穿过庭院，上木板楼梯，还是不知道"餐厅"在哪里。

这样不起眼的地方，如同平常人家，大概也只是有缘人，有机会在这里吃一餐。

是的，我几次去小金处，都不觉得是上馆子。与其说小金处是"餐厅"，其实它更像是一个"家"。

真的是一个家，把自己的家让出来招待客人，多么温暖，也多么奢侈。

上了楼，右手边是厨房，有烹煮食物的淡淡香气飘来。想起小时候，最怀念一面做功课，一面闻到母亲在厨房小火煎赤鯮，微微焦香，一阵一阵，那是我记忆里"家"的气味。

进了主屋，就一个统间，一边大圆桌，可以坐十个人。另一边几张椅子小茶几，像一个简单客厅。完全是一个平常百姓的家。

第一次来，一坐下，就觉得像家，真不可思议。现代人的麻烦，连自己的家都不像家了，所以，我怀念小金处，坐在那里就心安。

小金是男主人，在厨房忙。女主人小萍，圆圆的脸，和蔼亲切，第一次见面，也觉得像家人。

小金是苏州人，从小跟外婆长大。跟外婆长大，大概能吃到最地道的江南美食。因为是外婆，美食也是家常，又不会嚣张做作。许多家庭的料理都是母亲和外婆传承，小金这个苏州男子身上继承了外婆的温暖精致的手工。

小金是摄影家，跟台湾许多摄影界、艺术界人士都熟。墙上悬挂的摄影作品古典温润，用黑白染色让照片

韭花与水八仙　165

有浓郁的怀旧风格。

小萍很活泼,她说母亲是卑南人,她后来在上海发展,认识小金,喜欢他的摄影,但更惊艳他一手好菜。小金常在家里做菜招待朋友,名声越来越大,最后就发展成私厨。

感谢小萍母系卑南的生命力,使摄影家也分享给我们私房菜的快乐。

这几年"私厨"很夯,有时太过造作,装潢、料理都炫耀,少了平常人家的平实。小金处是我看过最像"家"的私厨。空间摆设就是一个家,更难得的是每一道菜出来,都让我觉得是在家里用餐。

"旧时王谢堂前燕,飞入寻常百姓家",这是唐诗咏叹南朝士族的没落,但是,我一直觉得:人世间最贵重的其实就是"寻常百姓"。好好过日子,把每一餐做好,"旧时王谢"那些贵族,政治斗争不断,哪里有这样的福气。

有母系卑南血统的小萍,富有生命力;小金有苏杭男子的温柔细致,他们的搭配,让我觉得"寻常百姓"真好。如果有下辈子,我也还是许愿做"寻常百姓"。

小金厨房忙完,偶尔会出来打个招呼。话不多,看着大家赞美他的菜,很喜悦,却木讷谦逊。

我欣赏着苏杭的温润,也欣赏着岛屿卑南活泼、生机勃勃的活力。

小萍母系卑南,但是父系是湖南,这是台湾东部常见的文化组合。我有许多朋友有这种文化融合的家庭,他们都特别优秀,有胆识,有活力,却又包容,尊重各种不同的好。从文化的角度看,血统越复杂,越有创造力的丰富,单一太久,大概都会萎缩。

古埃及王室,为了保存血统纯正,家族近亲交配,最后一堆智障,终于亡国。

"纯正"太偏激,对文化而言,常常是走向衰亡的开始。

所以每次去小金、小萍的家,都觉得生机无限。高柜子上一罐一罐,桂花酿、腌梅子、老萝卜干、梅干菜。我想许多应是小萍的手艺,那是我在东部居民家里常常看到的景象。

我记得一道"苏州东山白切冻羊肉",极好,可以把羊肉做到清爽如玉。小金说:"'文革'时候外婆还偷偷做这道菜。"

"寻常百姓"有时也碰到野蛮不讲理的事,幸好传统还是"偷偷"传承下来。

一起去上海的朋友,记得小金处的几道菜:"松子火腿""炝虎尾""蒜薹炒酱油肉",还有衬着芋头蒸的"南乳粉蒸肉",也大多是寻常百姓家里的菜。"糟猪脚"用黄酒糟,不用红曲,酒香更浓郁。

我们都怀念一道"蒲菜鲫鱼汤",比平常喝的"萝卜丝鲫鱼汤"清淡,却韵味无穷。蒲菜,水生植物,《诗经》里和笋并列,是香蒲春天嫩茎。蒲叶长老了,用来编篮筐,装鱼蟹虾,江南一带常见。

槐花可以入菜,小金处的"槐花云吞",吃过都难忘。

小萍在台湾东部长大，记得家乡满山遍野的野姜花。我佩服她，竟然在上海的都市顶楼种出姜花。用姜花加肉末调馅儿，塞在像油豆腐的油泡中，做了一道结合江南和卑南的"油泡塞肉"。

小萍教我桃胶汤的特殊做法，"白木耳、黑木耳，桃胶熬出汤底，加红枣、枸杞、蔓越莓。"说到这里，我也都懂，但是小萍的桃胶汤，依季节变化："夏天冰镇，加菠萝。秋天改放梨。冬天是桂圆百合。"寻常百姓专心生活，所以跟着季节节气调配食物，现代蔬食说的"当地当季"也就是身体和自然的对话。自然是土地，也是季节。

小萍的桃胶汤，可以加她调制的"玫瑰荔枝酱"，这是卑南小萍的底蕴。我因此想"小金处"可以更名为"小金小萍处"。

最后，要说一说，我最怀念的是有一年秋天吃到的一席"水八仙"。

是难逢的机缘，秋天的一段时间，八种水中生长的

韭花与水八仙　169

植物到齐,才能做这一席秋意荡漾的"水八仙"。

水里的八种植物是:莲藕、菱角、荸荠(小金叫"地栗")、水芹、茨菰、茭白、莼菜、鸡头米。

起初以为"水八仙"是全素,其实是这八种水生植物搭配不同材料组织的一整席的料理。也有荤,但不喧宾夺主,还是有蔬食的本分。

这张菜单我留着,很珍惜,珍惜那一个"八仙"到齐的秋天,珍惜江南上千年的庶民传统没有中断。

我的童年住在两条河之间,水生植物很多,常常下了课,在田里拔茭白笋,就生吃,韵味无穷。菱角、莲藕台湾都多,母亲做菜喜欢加荸荠,粤语叫"马蹄",深栗色的外皮,里面很清脆的瓤。母亲做珍珠丸子、狮子头,都加荸荠,让肉馅松脆,多一层口感。

莼菜台湾不多,总是在书里读到张翰做官,听秋风起,想念南方故乡莼菜,就辞官回家吃"莼菜鲈鱼羹"。

那个故事成为经典,"莼菜鲈鱼羹",民间小吃,救赎了一个差点被官场湮灭了性情的人。

我问了小金处,他们很愿意分享,让我公开那一个晚上"水八仙"宴席的菜单。

一　糖藕

二　毛豆炒菱角

三　虾仁炒荸荠

四　水芹炒香干

五　茨菰红烧肉

六　茭白炒鳝丝

七　莼菜蛤蜊羹

八　桂花鸡头米甜汤

都不是什么特别的大菜,有肉,有河鲜,但还是以素菜为主。这也是我"蔬食"的观念,不刻意避荤,让荤素自然搭配。

八种当季水生植物,做成八道菜肴的一席晚餐,仿佛真的是八仙水上凌波微步而来，全无心机，却让人无限珍惜，天意盎然。

想起"水八仙"，期待下一个秋天，再到小金处坐一坐。

庶民野菜

苦藤心几乎在都市料理中绝迹了。

用野地苦藤的心炖汤,刚入口,苦到要哭,全身发麻。

但是味觉隐藏的奇迹多么神妙,苦味之后,汤的滋味,竟然转成甘甜。

一缕缕悠长余韵,层次复杂,不同于糖的甜,是苦后回甘的丰富与平静。

初识阿昌

我常去台东富冈渔港的特选餐厅,次数多了,就和老板阿昌熟悉起来。

我其实不确定他是不是老板,每次去,他总站在柜台后方,不断接订位电话。

电话拿起:"几点?几位?"一面用手快速笔记。

柜台好像不止一个电话,他身上还有手机,耳朵上还挂着跟厨房通话的对讲机。

初去的时候,我喜欢坐在柜台看这个忙碌的男人。普通个子,颇壮硕,像一个充气饱满的气球。有台东人都有的黝黑皮肤,圆圆的脸,耐心算账,结款,找钱。

再忙,也不慌乱,也不会忘了问临走的客人:"满意吗?"

大概从小跟着母亲在市场兜转,最早使我觉得亲切的人,都是这样的脸孔与身体,这样和蔼可亲而且诚恳的性格。菜市场里的摊贩,也许是母亲带领我做的最早庶民的功课。

他们叫卖青菜,跟来来往往的人客打招呼问好,这么忙碌,但是从不敷衍,每个走过的人,都像是亲人。

他们剁着鱼头,从鱼口里掏出鳃和鱼肠,动作利落,如同庄子写到的"庖丁",大刀解牛,以刀的"无厚"进入牛的身体,在骨节筋脉纠缠里找到"空间"。"以无厚入有间",因此"游刃有余"。庄子"庖丁解牛"的故事,在文人士大夫的洁癖里是学不到的。

在生命深处"游刃有余"的,多是底层庶民百姓,反倒是社会上层官僚富贾,局促不安,恓恓惶惶,不知整天在争夺什么。

庄子大概最早看穿权贵者的虚妄伪装，他把文惠君带到屠宰场，文惠君爱好艺术，似乎刚从国家剧院出来，刚听完咸池之乐，刚看完桑林之舞，赞叹之余，忽然看到"庖丁解牛"，他愣住了。庖丁在肢解牛，那声音动作，却更胜过"咸池乐""桑林舞"。

庄子的"庖丁解牛"，彻底击垮了艺术的虚伪。他重新在日复一日的职人劳动里整理出生活的真实美学。

屠宰场美学，庄子留在人类的文明里，像是戏谑，也像是神话，嘲笑着艺术的虚张声势。

母亲带我走过的菜市场，是我最早认识的众生，是庶民百姓，也是那些开膛破肚的鱼，瞪眼看自己被千刀万剐的鳞片。

笑吟吟挂在铁钩上的一个孤独的猪头，旁边一排陈列着它的肝，它的肺，它千回百转的肠子，还有剃了毛白白净净的一对姿态雅致的猪脚。

童年时菜市场的那头猪，茫然看着自己的五脏六腑四肢，使我一生迷惑。我在想，有一天，我也能这样豁达，笑吟吟看着自己的五脏六腑和支离的四肢吗？

肢解猪只身体的屠夫，果然如庄子笔下的"庖丁"，忙乱里从容不迫，挥汗如雨，下刀利落无犹豫，却笑脸迎人。我以后长大读《庄子》，眼前就是菜市场里鲜活的画面，觉得庄子笔下赞美的"踌躇满志"，说的是庶民百姓的认真生活，那种自信，其实和知识分子一点也沾不上边。

我童年的记忆里，都是那些人叫嚷的声音，充满笑，也充满泪。生活艰难，辛苦忙碌，却又欢乐开心，善待众生。那是母亲带我认识的众生，民间底层，庶民百姓，无怨尤，无懈怠，日复一日工作，充满活力。

我常常庆幸，有一个庄子，可以是一生最好的朋友，哥儿们，跟我一起走过那笑泪的菜市场，懂得向众生致敬。

我记得市场的百姓，记得庙口的百姓，走到世界任何角落，好像觉得亲切的永远是这些人。连看韩剧《我们的蓝调时光》，看到影片里那一群远在济州岛的市场百姓，也剁着鱼头，也切着猪血肠，如此遥远，却也觉得亲切，看了又看。

我初识阿昌，也觉得熟悉，我问他："宝钏菜，马齿苋，猪母奶，是同一种菜？"

"是啊！"他很笃定回答，翻出图片给我看。

他的手机里有许多野菜资料，是他十多年来做野菜功课的记录，有文字，有图片，解说详尽，提供很多可贵的经验。

看到他拍摄的宝钏菜，我愣了一会儿，那是母亲在防空洞上摘的野菜，我刚读小学，战争刚过，不确定还会不会再发生。每户人家接受命令，都准备了防空洞，预防空袭。

战争久久没有发生，然后防空洞上的覆土长满了野草，长出蒲公英、酢浆草、山芙蓉。有一天，母亲在草丛里发现了宝钏菜。

两国交战，苦守寒窑十八年的相府千金王宝钏，一直等着丈夫回来，那十八年，她靠着挑野菜活下来，那野菜，就是马齿苋。因为有营养，台湾民间叫"猪母奶"，母亲喜欢叫作"宝钏菜"，因为有她在战争里苦苦咬牙撑过来的记忆吧！王宝钏，那是母亲最常说的故事，她也带我看了好几次的《武家坡》，要我知道，十八年，对一个女子的意义。

猪母奶，野菜十八年，把娇滴滴相府千金变成了踏踏实实的庶民百姓。

母亲在防空洞上找到宝钏菜，她很感慨，在水龙头底下冲洗干净，择掉粗根，挑去杂草，剔除腐败的叶子，晾在竹编的箩筐里，铺平，拿在太阳下晒。

母亲处理宝钏菜，像在回忆一个战乱中落难在寒窑的女人，苦苦等候丈夫回来，战争结束，等候太平，等候把挑来的野菜一一铺平，晒干。

等候十八年，十八年，来来回回，反复做的事，就是把野菜里的杂草剔除干净。十八年，毫无动摇的苦守，微不足道的野菜有了非凡意义，所以那野菜也有了"宝钏"的名字。

阿昌说:"这野菜很好,Omega-3 很高。"我却发呆了。

阿昌不知道我在想什么。我陷在自己半世纪的回忆里,半世纪,在台东富冈渔港,又与宝钏菜相遇。

"怎么都市里看不到宝钏菜了?"

"整理起来太麻烦吧?"

"你们怎么料理?"

"加辣椒,用麻油炒。"

"喔!不是汆烫凉拌?"

"可以试试啊!"

我们就从宝钏菜开始熟悉了。

认识野菜

然而特选餐厅,目前挂在门口的蔬菜种类,我算了一下,有二十一种,其中有许多我陌生的野菜。

山苏、龙须菜、水莲;

水菜（西洋菜）、杏鲍菇、昭和草（山茼蒿）；

米菜（小叶灰藋）、野苋菜、米菜二；

地瓜叶、黑甜菜（龙葵）、宝钏菜（马齿苋）；

红刺葱、山枸杞叶、山苦瓜；

丝瓜、雨来菇、过猫；

人参叶、凉笋、山柑仔。

这里面有些是大家熟悉的，都市里也买得到，当然新鲜度差很多。

像山苏、山苦瓜，当季当地现摘，口感不一样。油菜花有一定季节，放几天，甚至只隔夜，失了地气，吃起来疲疲乏乏，完全没精神。

我常吃的是龙葵、枸杞叶、水菜、灰藋、人参叶。

但是也常缺货，好些野菜，季节不对，也吃不到。

阿昌很注意挑菜，连笋都挑得好，蔬食要讲究，往往要花更多心思。

阿昌说："我们原来是做野菜起家的。"

他给我看了一个十年前的网页,那时他已经很精心认识野菜,用图片解释各种野菜的生态。也有几张图片说明,运用多少人力择野菜,挑野菜,把草丛里一堆一堆不起眼的小叶灰藋,整理成漂漂亮亮、好吃美味又健康的菜肴。

从野菜专卖店,慢慢发展成以优质海鲜著名的餐厅,野菜被许多客人忽略了。

我很高兴阿昌还保留着他十多年对野菜的情感。

最近去,我跟他说:"一直没吃到红刺葱和山柑仔……"

他知道我来特选餐厅,不只是吃海鲜,更是对野菜情有独钟。

他有时会特意为我留一条漂亮的笛鲷,有长长像竖笛的硬嘴,可以钻破海胆的壳,吸取美味内瓤。

笛鲷用细葱丝清蒸,真是鲜美。我很感谢阿昌,但是还是要挑三样野菜搭配,觉得错过特选野菜,是莫大的遗憾。

后来我常上阿昌的野菜网页，看他十多年间在大自然里与野生植物建立的情感。

他也介绍过苦藤心。

苦藤心几乎在都市料理中绝迹了，我在池上一间台湾少数民族经营的小店吃过。用野地苦藤的心炖汤，刚入口，苦到要哭，全身发麻。但是味觉隐藏的奇迹多么神妙，苦味之后，汤的滋味，竟然转成甘甜。一缕缕悠长余韵，层次复杂，不同于糖的甜，是苦后回甘的丰富与平静。

偶然电视上看到长达一年战争里被蹂躏的众生，我只想到苦藤心，祝祷他们有苦后回甘的一天。

苦后回甘，比喜极而泣更多一点平静。因为大难过后，竟然走过废墟，尸横遍野，自己幸存了。

那间用苦藤心炖汤的小店，果然有少数民族的随性，十次去，八次都关门不营业。所以我也只尝了一次，念念不忘。

东部少数民族有许多长久与大自然相处积累的吃食

文化，像小米粽外面包的假酸浆叶，连着小米糯糯的口感一起吃，风味独特，而且刚好帮助消化，就不觉得胀气。

走向植物性的平衡

这几年，欧美好像开始反省他们传统大肉的吃食文化。特别是美国，青年一代出现许多素食者，与瑜伽的身体训练、东方信仰结合，成为文青时尚。时尚潮流，不知领悟多深，从好处想，的确是一种平衡，好像可以降低白人文化里的霸气与征服性，好像隐约是对上一代骄狂无知的反省。

蔬食是不是降低人的动物性欲望，我没有研究。但是，在纽约一类的大都会，的确在白领阶层看到蔬食似乎扮演了一座桥梁，使肉体转换成心灵向往的一座桥梁，或真或假，构建着一种新的西方文明。

年轻一代的大学生会和我推荐羽衣甘蓝，告诉我其中的花青素对身体的好处。"每一百克热量是六十九千卡,饱和脂肪是零点一,胆固醇是零,蛋白质是四点三……"不难在北美大都会听到文青一代这样娓娓道来他们的蔬食信仰。

我不太用这样量化的方式看蔬食文化,因为我这一代,在二战后诞生,成长的食物记忆,本来就以蔬食为主,肉类一直是陪衬。

我相信食物是一个族群文化重要的基础结构,东方长久与蔬食的关系,与西方的肉食的经验,或许形成了两种截然不同的文化性格。

我有一位朋友非常坚信翡冷翠的崛起,打败邻邦锡耶纳,是因为翡冷翠大量吃牛排。

她用这一观点书写文艺复兴史。

所以,殖民主义时期,整个亚洲不堪一击,也是因为长时间的蔬食吗?

我不敢这样下定论,历史因素错综复杂,难以简单定调。但是,动物与植物,在大自然中是两种不同的生存方式。如同游牧狩猎文化,和农业的与植物长时间相处，似乎的确形成了不同的生存性格。

"赢得了全世界，失去了自己，所为何来？"书里的句子，好像说明了动物性极端发展，自然会走向植物性的平衡。

台湾少数民族的红藜成为时尚食品，美洲印第安的藜麦也成为文青蔬食的主食。

长时间与自然对话的族群，虽然不断受霸权侵凌压迫，然而，式微如此，他们对野地里的物种，仿佛还有选择的本能。有一天我们恍然大悟，原来他们看似最低卑的物质，野生野长，却是上天赐予的最佳祝福。

后记

母亲教我的事

雨水到惊蛰，癸卯年的春天迟缓蹒跚。像要暖了，却夹着一波一波的寒流，乍暖还寒，气温骤降骤升，仿佛一日之间经历夏冬。

树梢头刚冒出一点翠绿新芽，才探出头，又被霎时间急速寒冻的冷风吓到，像到了子宫口的胎儿，想出来，又努力想缩回去。春天还没有来，噤默着，不敢声张。

天气冷，我在家里，把母亲数十年的家常菜回忆一遍。

平凡人家日常的三餐，其实很简单，食材简单，料理的方法也简单，当地当季，不刁钻，不古怪，传承久远，不自夸"创意"，却也最值得回味。

我喜欢小津安二郎的电影《早安》《晚春》《秋刀鱼之味》《东京物语》……他电影里的人物多是平凡百姓，平凡日常的生活。围坐在小几旁，一家人安静吃饭。那一尾秋刀鱼，盛在长形粗陶的盘子里，仿佛季节里更换的秋风。"啊，秋风啊……"女主人似乎注意到庭院的树丛秋风飒飒，无端感喟。

也许，小津的电影对白都像是自言自语。清晨在电车月台上相遇，微笑鞠躬说"早安"，晚上入睡前说"晚安"。日复一日，重复着，许多自言自语，不需要对话。

男主人打着领带，准备出门。女主人从厨房出来问："你叫我？"

男主人其实没有叫人，他习惯自言自语。

女主人却总是听到声音，总是围着围裙，立刻放下家事，走来问："你叫我？"

长年生活在同一个屋檐下，人与人的亲近体温，其实与爱情都无关。

慢慢会知道二战过后，炮火硝烟沉淀，废墟上幸存的人，喘一口气，觉得"平静"和"无事"真是幸福。小津的电影多么珍惜平凡生活里的"无事"。

"有事"都是悲剧，"无事"就是幸福。

玩政治的人总希望"有事"，"有事"就有玩钱玩权的筹码。老百姓只盼望平安无事，好好过日子。

也许老夫妇十六岁的儿子已经死在中国战场，和许多那一代的十六岁青年一样，尸骨无存。

然而，战争毕竟结束了。回到平凡生活的老夫妇，不想回忆，还是把一条秋刀鱼煎好，在月台上跟相遇的人说"早安"。"早安"这么奢侈，因为都是战争炮火下幸存的人，月台上那一个早上阳光灿烂。

能够依靠着，生活在同一个屋檐下，响应对方的自言自语，多么奢侈。

战争后幸存的独身父亲和女儿，不舍分离，女儿婚事一拖再拖，但是，毕竟还是要出嫁了。那最后相处的夜晚，彼此都无眠。

清晨时卫浴间折叠好的毛巾，牙缸里的水，牙刷上的牙膏,是女儿最后一次为老年父亲做的清晨刷牙洗脸的家事。

《晚春》那一幕静静扫过的分镜:"毛巾""牙缸""牙刷",最平凡不过的日常,沉默无语。只有经历战争大难,知道多么可贵。因为活着,还可以刷牙洗脸。

小津的电影仿佛过期了,许久没有听人谈起。有时还会重新拿出《东京物语》,看明艳大方的原节子,明眸皓齿,说着人生的"幸福"。丈夫新婚后就死在战场。婆婆不忍媳妇守寡,"这么年轻善良……"婆婆欲言又止,然而原节子眼中含泪,说"幸福"。

我们也曾怀疑她说的"幸福"是什么?

从小津到侯孝贤,到是枝裕和,小小庶民百姓口中含泪说的"幸福",是说给骄狂跋扈的统治者听的吗?

《悲情城市》这么委婉,是含着泪告诉统治者"幸福"的真正意义,是辛树芬在漫天芒花的山路上娓娓道出的"幸福"。

把《悲情城市》当成"政绩"来宣传的,真看懂了

《悲情城市》吗？

像这样沉默无言的春天，惊蛰过后，还有一个闰二月，春天的寒凉会拖很久。有一个地区的战争拖了一整年，媒体上看到许多英雄，玩钱玩权，彼此争斗，像闹剧、喜剧，然而我们看不到一年里庶民百姓受苦的悲剧。如果战争蹂躏过了，那里也会有一个电影导演，拍出一碗热腾腾的使人落泪的"甜菜汤"的故事吗？

安稳料理，踏实生活

春寒，我在家里，看了是枝裕和的《舞伎家的料理人》。从经历战争的小津，到战后出生的侯孝贤，再到一九六二年出生的是枝裕和，有一个美丽、安静、温柔的传承。

他们都很静默，电影的节奏缓慢悠长，像一家人围坐着吃家常便饭。

只是是枝裕和有时让我不忍，《小偷家族》讲繁华大都会背后隐匿着看不见的贫穷。怎么可能？初看很讶异，东京有人是这样过日子的吗？

我们都是繁华都市的观光客，匆匆赞叹繁华，看不到绚丽繁华背后穷苦挣扎着生存的人吗？

《舞伎家的料理人》原来是漫画，以料理为主；是枝裕和对比了舞台上的舞伎和料理人。

十六岁初长成的舞伎，美到惊人；然而同样从偏乡来的料理人，资质不能上舞台，却带观众进入踏实生活的市场。

我喜欢看少女背着大帆布袋，一样一样采买食材，让我回忆着童年帮母亲提菜篮，游走于市场摊贩叫卖间鲜明的回忆。

是枝裕和让我赞叹完舞伎的美之后，却又让我想好好实践生活里做好一餐料理的快乐。而那一餐，是让很多舞伎一起吃，一起赞叹的。

在舞台上被观众赞叹的舞伎，围坐在厨房边，赞叹着料理人的手艺。

舞台上的光鲜亮丽，一闪即逝，日常生活的料理，日复一日，能够一样引人赞叹吗？

艺术，没有了生活日常的底蕴，会不会空泛古怪？想尽办法刁钻变化，却离日常生活越来越远？

还有多少踏实生活的人，在意媒体刻意渲染、市场刻意炒作的"艺术"？

我重复看料理人采购罗臼昆布，采购柴鱼，跟市场摊贩交谈，为了做好一餐京都乌龙面。

我的朋友也喜欢这一段，试着做了一次，成功了，鼓励我也试试。

朋友送来一盒漂亮的罗臼昆布，我加了柴鱼熬汤底，小砂锅坐在一圈蓝色火焰里，像一尊佛。细火慢炖一小时，像是要熬出整片清澈海洋的滋味，回忆那一片昆布在宁静波流里慢慢浮扬回旋。

京都舞伎家的乌龙面，是这样慢工细活做出汤底，再搭配一点姜末、两片豆皮、两片汆烫过的大蒜苗，一绺一绺面条，像舞伎十六岁美丽的鬓边细发，荡漾在汤汁中。

我觉得母亲坐在旁边，和我一起看这部电影。她也和我一起在市场选购昆布、柴鱼，告诉我大蒜苗蒜白的部分要如何切，蒜叶青青，也有不同滋味。

豆皮先用文火燸一下，会更香。母亲用的字眼"燸""焖""煨""馏""煸"，或者"炖"，都是火候。火候，让平凡食材神奇，火候不到，神奇食材也平庸呆滞。

母亲没有看过小津，没有看过侯孝贤，没有看过是枝裕和，但是我还是觉得她就坐在我旁边。看我把罗臼昆布一折为二，放进锅里，注入清水，放在小火瓦斯炉上。看锅缘冒出热气，大概过半小时，再放柴鱼入汤。要试好几次的味道，朋友嘱咐我："不要让柴鱼味道抢过昆布。"

是的，罗臼昆布是主体，很清淡。柴鱼放早了，或放多了，都会抢了昆布的清淡。

如果"清淡"是主体，浓郁就要适当退到陪衬的位置。

像小津，像侯孝贤，要说战争过后无事的幸福，要说幸存者带着泪的微笑，要说日常平凡百姓的安分无奈，电影就要克制"浓郁""激情"，不能拍出一个不伦不类的《拯救大兵瑞恩》。

喜欢英雄主义的，不把他人的命当命，"拯救"其实是一个"噱头"。

真诚的创作者不会把人命当"噱头"，宁可在许多哀痛里克制着不哭，好好为幸存者做一餐许久没有这么安稳的料理。

所以，在母亲忌日当天，我做了罗臼昆布乌龙面。觉得是和母亲一起完成的一餐，很快乐，把冒着热气的那一碗汤面供在母亲照片前面，很清淡平凡，但这是母亲会喜欢的。

一家人围坐着吃饭，就是幸福

母亲在战乱里，带着孩子，东逃西逃。大概是她十六岁吧，在西安读师范学校，她是那个城市最早读新式学校的女性。她喜欢看戏,喜欢看小说,很文青,也接触了好莱坞的电影。

她也幻想过是舞台上闪烁的明星吗?最后她只是在战争里努力让家人过好日子的平凡家庭主妇。

舞伎炫耀夺目,料理人踏实生活。

母亲有过梦想,然而她的梦想憧憬全部消失了。日本侵华战争发生,学校的课程都停止了,青年学生,十六岁,或者上前线作战,或者组成护理队,负责抬伤兵,包扎伤口。十六岁,斜躺在草地上的少女,从此在战争里颠沛流离。

她说,逃亡后方的人潮汹涌,火车要开了,她带着两个孩子,如何也挤不上车,最后只好把两个孩子从窗户扔进去。她心想,孩子到安全的地方就好。

可是车厢都是人,孩子扔在人头上,又被从窗户丢出来。

那是她一面择着韭菜花,一面说的故事。很庆幸,我还没有出生,那两个孩子是我大哥大姊。

她后来看着一家人围坐着吃晚餐，大概心里百感交集吧。会不会像一个梦，她拿出药膏，细细抹着煎鱼热油迸溅的烫伤。

她说，战乱里，都会写一个纸条，有父母的名字、地址，有时候附一钱黄金，放在孩子口袋，希望捡到孩子的好心人，能把孩子送回来。

那些悚然的故事，离散颠沛的人生，是她在一家人围坐着吃饭时说的。

我因此懂了小津和侯孝贤的电影，为什么总是一家人围坐着吃饭。

像一个慎重的仪式，还能围坐着吃饭，战后惊惶的百姓，知道要如何谢天地，谢众生。

她到每一个地方，都学习做菜，把菜做好，供一家人吃饱。幸存一天，就感恩，多为家人做一顿饭，就是幸福。

惊蛰恰好是农历十五，圆圆的月从河面升起。母亲总是敬拜月圆，上元节，中元节，中秋节，都是月圆，家里吃饭的桌子也是圆的。她大概在许多残缺里一直祝祷着一家人的圆满或团圆吧。

她总是说着节气,惊蛰过了,就要到谷雨……

节气比岁月纪年还要重要,节气像自己的身体,有小暑、大暑,有小寒、大寒,白露、霜降,都是自己身体的心事。她很少回忆哪一年做了什么,她多说冬至了,便和邻居太太们准备搬出石磨,凑集糯米,磨出米浆,装在布袋里,用石板压着,沉甸甸的布袋,渗出水来。

这是她在同安人的小区大龙峒学做汤圆、年糕,蒸年糕的时候,大火蒸笼,一条街都是香味。

那时候包粽子、磨米浆、搓汤圆、蒸年糕,都是在巷子口,几家人一起,凑集食材,做好了各家分。

她依循自己的节气、历书过日子,节气里五行流转,要调节木火土金水的自然秩序。

风调雨顺,是比国泰民安更重要的自然秩序。

她十六岁开始经历了"国不泰""民不安"的大灾难,然而她还是笃定相信只要风调雨顺,只要自然秩序还在,人就可以好好活着，围着一个圆桌，吃平凡的日常料理。

母亲从做饭做菜教会了我尊重五行的平衡运转，教会了我品味甜、酸、咸、辣、苦、辛，甚至霉、臭、淡，各种滋味。我尝试放在九宫里的，是我味觉的系谱，也是我敬重各式各样人生的系谱。

母亲带我走过的市场，是我第一个庶民百姓的功课。她敬爱的庶民，无论在哪里，都一样依靠着，择叶菜、磨米浆、蒸年糕，期盼风调雨顺。战争过了，"死者长已矣"，幸存的人就好好跟日子说"早安"，重整废墟，做一餐饭，一家人可以围坐着，说着"幸福"。

附录

母亲的手

在捷运上，每一个人的手都在滑手机。

我的手，也很难逃脱这一个时代的宿命吧。

人类历史的改变与手息息相关。

在动物的世界，不存在手的意义。

牛、马、猪，四肢承重，四肢行走，四肢攀爬；前肢与后肢，功能略有不同，但是差别不大。

一半动物多用"爪""牙"，灵长类的猿猴，用后肢站立，前肢开始进化，有了"握""抓""择""剥皮""抛掷"等"手指"的分化功能。

大学时修人类学的课，读了恩格斯一篇关于"手"的论述，阐释人类文明与手的关联。

他重要的论点是：手不是天生的，手是人类在劳动中不断进化的过程。

所以，如果不继续使用，手的能力就会退化吗？

我想到猿猴的手，母猴怀抱幼仔的手，母猴在幼仔身上"择除"虱子的手指。虱子很小，"择除"的动作已经是手指尖端的拿捏了。

母亲常常说"拿捏"，做菜的咸淡甜酸，缝补衣服时的尺寸宽窄，腌渍蔬菜时的时间长短，乃至于做人处事，她都说"拿捏分寸"。

"拿""捏"都跟"手"有关。

她做菜的时候，抓盐、加酒、放糖，也不用精密天平量克数，而是用手"拿捏"，斟酌分量，恰到好处，常常让我惊讶如此准确。

"拿捏"不是知识，更多的提醒是自己的体验。

人类感官世界非常难传达的是触觉，一件物品在手中，"掂一掂轻重"，一件衣服在手中，感觉一下纤维的粗细，不同的质地，不同的温度，丝绸的凉，皮毛的暖，棉布和麻，不用眼睛看，是可以用手指触碰感觉得出来的。

我有一位多年在纺织业工作的朋友，退休了。她有时抚摸着我看不出分别的布料，说着"经纱""纬纱""40×40"，说着"60×128密度"，沉湎在手指与织品神话般的回忆里，使我想起母亲编织、钩花、刺绣时的手指。

我们爱一件织品，可以不是因为昂贵品牌和价格，而是因为是母亲的编织裁剪吗？

童年的记忆中，母亲总是在缝缝补补，编织毛衣，钩花桌巾，绣枕头套，她的手做了许多事，那样灵巧纤细的手指，原来"纤""细"都是在讲织品最基本的线条。

后来读到文学里的"心思纤细"，想到的也是母亲刺绣时的手。

如果没有了手与丝线的记忆，"纤"和"细"还有真实存在的文学意义吗？

《游子吟》的"慈母手中线，游子身上衣……"是童年就会吟唱的唐诗。不觉得陌生,因为那个时代,家家户户,孩子的衣服、袜子、围巾、帽子,大概都是母亲的手编织裁剪的。

"线"变成"衣",是人类数千年的纺织记忆。

人类的手还能回到母亲的时代吗?

一直到上世纪的七十年代,我走雾社庐山那一条山路,经过部落,还可以看到部落妇人砍伐苎麻,用石片碾压,取出纤维,晾晒、染色,用非常简单的织布机,纺织出一匹一匹色彩、图案、质感都美丽的麻布,或做衣裳,或制布袋、头巾。

我随手买了一些,没有特别觉得珍贵,出游时送给朋友,知道是手工织品,都啧啧赞美。

七十年代末回台湾,工商业快速发展,再走雾社庐山,苎麻织品多机械化,用混纺尼龙材质,染色也粗糙。

我经历了岛屿手工没落的时代,惋惜的不只是部落织品、苎麻织品,真正怀念的是那一时代人类"手"的价值。

二十一世纪，捷运上，包括我自己的手，似乎都被手机绑架了。

有解脱的可能吗？

我们还有机会认识自己手的存在价值吗？

父亲母亲那一代，都是一生不断用手劳作的人。一直到八十岁，他们的手，依然做很多事。即使有机械代替，他们还是习惯用手。偶尔放弃机械，拖地、洗衣、整理盘碗厨具，都用自己的手，有另一种证明自己能力的快乐。那一代的父母，八十岁，身体不显衰老，头脑记忆也很清楚。

书上常常说"手脑并用"，手的退化，是不是也直接影响到脑的失智？

人类的手，从农业时代开始，做了性别的分化。"男耕""女织"，大概工业革命以前的一万年左右，沿着几条文明的大河，幼发拉底河、底格里斯河、尼罗河、黄河、长江、印度河、恒河，发展了最早的农业社群。男性发展了耕种土地的重劳动工作，手握锄柄掘土，手握镰刀收割五谷，手把沉重的木犁，犁锄可供播种的田亩。

男性发展了手臂肩膊的力量。

同一个时间，女性和纤维发展了手指独特的文明记忆。纤维编织一定要灵巧纤细的手指动作。

那个发明蚕茧缫丝的伟大女性"嫘祖"，是在多久远的年代，看着一只蚕啮食桑叶，然后看着蚕吐出细丝，一根比自己身体长很多倍的细丝，把自己围绕起来，像一件衣服，等待在里面羽化。

纺织的历史像一部神话，嫘祖学会了煮蚕茧，抽出一根细丝，织出美丽的丝绸。

未经染色的丝叫作"素"，在素丝上染色叫作"绘"，孔子说"绘事后素"，是从女性抽丝染色得到经验。

这一部女性的纺织文明史记录在《周礼·考工记》中。

丝是一部伟大的女性文明史，因为丝，从东方到西方，走出了一条数千年的丝路。

有一次在伊斯坦布尔一间传统的丝织地毯工坊参观，一件精美的丝毯，花费无数工人无数的岁月。

手里捧着一张精美到不可思议的丝质地毯，觉得是神话里可以飞起来的那张地毯。工人从年轻编织到两鬓斑白，他们围坐在地毯前，说着魔毯飞起来的故事，仿佛安慰了自己耗尽的岁月和手工。

记得导览的人突然谈起六世纪一个中国公主，嫁去拜占庭帝国，临行时担心未来没有丝织衣物，便把蚕茧藏在发髻中带去了遥远的国度。

"很感谢这位公主，我们懂了养蚕缫丝。"

六世纪，是鲜卑的公主？北魏？西魏？或是北周？

我查证不出。却无端想起她把蚕茧藏在发髻出境的画面，像今天把十二英寸晶圆技术带走的人。然而公主不是"商业间谍"，她单纯只是害怕异域没有丝织的衣服，然而那异域也正是她未来的故乡啊！

小时候，长时间坐在母亲对面，听她讲故事，讲白蛇的故事，讲牛郎织女的故事。她一面讲故事，一面用三根长针编织毛衣。

我们家六个孩子，许多毛衣是母亲编织的。

她总是有一团一团各种颜色的毛线，有时候我也陪她去沅陵街专门卖毛线的小铺挑毛线。

她很细心地比较各种毛线的颜色差异，粗细质感，把两条线摆在一起，比对端详。让我看，我看不出差别，她指着其中一条说："这条的绿比较亮。"

她也比较一些欧美日本的服装画册，记下图案和配色的方式。

回家她就开始动手编织。

那些一团一团的毛线，在三根魔术一样的长针间穿梭，经线、纬线。有时候她会停下来，算数一下针法，但大部分时间，她并没有用眼睛看，而是专心和我描述银河旁的织女，也能够纺织出多么美丽的星辰一样的一匹锦绣。

神话里的织女，便是几千年来农业社会女性的偶像吧。她们总是在七月七日的夜晚，焚香祝祷，祈求天上织女也赐给她们一双巧手。那个节日，也就是对所有女性有特别意义的"乞巧节"。

现代的农历七月七日是情人节，偏重在牛郎织女一年一度的鹊桥相会，商人借此可以大卖商品。

然而母亲说的牛郎织女，是因为他们恋爱昏头，忘了"男耕""女织"的工作，荒废了手的劳动，所以被罚隔离两岸，一年只允许见一次面。

母亲故事讲完，毛衣已经编织一大片纹理秩序井然的前襟。

我记得那是一件新绿色的高领毛衣，像春天新抽出的柳叶的翠。我小学二三年级，不穿制服的时候，就穿着那件毛衣在校园走来走去，听同学赞叹。

在巴黎读书的时候，常常浏览昂贵的名牌服饰店，看来看去，还是怀念母亲手织的毛衣。天地寒凉的季节，特别怀念那样贴身紧紧护着脖子的高领，那样温暖，没有任何名牌可以取代。

毛衣穿了一两年，母亲会重新拆解开来。她说毛线久了，不够松。拆开来，重新洗过，晒在竹竿上，一条一条，映着日光，也像新发柳叶的嫩绿枝茎。

她用手把晾晒好的毛线收好，要我端把小矮凳，坐在她对面。我举起双手，她把毛线绕在我的手臂上，然后开始缠成线团。

小时候，常常被母亲的毛线套住，几个小时，看她织毛衣，听她讲故事。

缠线团的时候，她讲《白蛇传》，讲一条蛇，努力修行，变成美丽的女人。

我总觉得有一条细线，连接着母亲和我。线的一端是母亲的手，另一端是我的身体，像一条没有剪断的脐带。

我们家六个小孩，三男三女，需要很多时间缝补编织，母亲编织毛衣的技术好像也越来越好。

她定期在沅陵街买毛线，回家依据日本欧美服装杂志的图案，设计不同款式的毛衣。有时候长袖，有时候背心，有时候是开襟，有时候是套头尖领。

开襟的毛衣，也在沅陵街挑扣子，贝壳磨的、木质的、皮革的，她都一一比对。名牌服饰大概不可能这样精心量身定做，适合每一个孩子的身材个性。

毛线绷在我手臂上，母亲拉出一条线，缠成圆团。我感觉着母亲拉动毛线的力度，不缓不急，和她说故事的节奏相似。

她把缠好的毛线团按照颜色分类，开始用三根长针织新的图案。

我的新绿色高领毛衣，胸前有明黄色的横格。穿到学校，同学以为是新毛衣，都来打三下。然而我很难解释"毛线是旧的"，多了姊姊旧毛衣拆下的黄毛线。我的绿色高领移去织了弟弟的另一件背心。

手工的乐趣是可以不断创造，手工年代的母亲，剪裁衣服，煮饭做菜，或许也不觉得劳苦，因为是做给自己孩子吃穿。编织的时候也会想到银河边的织女，因为荒怠工作被惩罚，和亲爱的人分离才是最大的惩罚吧。

母亲也喜欢刺绣。她刺绣很专心，一片叶子，一片花瓣，要比对很久不同的绿和红。

她在缎面上精心地刺绣给我们做枕头套，留在手边的是在粗布上的绣稿。

一针一线，劳动里，几千年的女性这样造就了一部文明史。

"乞巧节"的夜晚，母亲对着银河祝祷，念给我听的唐诗是：

银烛秋光冷画屏，
轻罗小扇扑流萤。
天阶夜色凉如水，
卧看牵牛织女星。

我蒙眬睡去，觉得暗夜里那一片璀璨的银河是母亲的手织出的锦绣。

二〇二三年 清明